中国专业作家作品典藏文库

中国专业作家作品典藏文库
石钟山卷

遍地花香

石钟山 著

中国文史出版社

目　录

重　逢

遍地英雄

他　　们

世　象

重　　逢

弹弓少年

20世纪六七十年代，许多少年为能够拥有一把制作漂亮、威力凶猛的弹弓而自豪。那是活跃在少年群体中时尚的标志，也是身份的象征。

邻居小三子有一把漂亮无比的弹弓，说它漂亮是因为那把弹弓的弹把和我们的不一样，小三子的弹弓把也是用八号铁条做成的，这和我们的没有什么两样，不一样的地方是，他有个姨父在工厂的车间当主任，这把弹弓据小三子说，被他姨父拿到车间用不锈钢漆“镀”过了，于是它就显得与众不同了。弹弓把通体发亮，银灿灿的，晃人眼睛。小三子经常把这把弹弓从书包里掏出来炫耀，在我们眼里他仿佛拿了一把左轮手枪，而我们拿的是铳，于是小三子在我们眼里就显得与众不同，英雄无比的样子。

在我们军区大院西侧有一片树林，树林在我们少年的眼里说大不大，说小不小，有几棵树上还搭了几个乌鸦窝，我们经常可以听见乌鸦们一阵又一阵难听的叫声，当然还有一些麻雀和叫不出名的鸟在这片树林里嬉戏打闹，它们猖狂得很。

这片树林不仅是鸟的天堂，也是我们大院这群少年的极乐世界。每当夕阳西下，少年们放学归来，连家都没回，屁股上还吊着书包，就都跑到这片树林里聚齐了。此时，正是鸟儿归林的时候，叽叽喳喳的鸟儿，有的在树杈间的窝里探出头，有的干脆落在树杈上，热热闹闹、群情振奋地议论着活着的意义，抑或拌嘴吵架。

少年们来到树林里是比试弹弓的，我们袭击的目标就是候在窝里或落在树头的那些鸟。我们的子弹是早就准备好的小石子，于是一颗又一颗小石子射向那些无辜的鸟，被袭击的鸟一拨拨离开树林，跑路逃难。在树林里袭击鸟其实难度是很大的，原因是那些枝枝杈杈的树为鸟提供了足够的掩护，但它们还是受了惊吓。

鸟儿受了惊吓，高高地飞起，盘旋在树头上，在夕阳的映衬下就像一幅画。它们似乎记性不太好，惊吓一番，盘旋一阵就又落到了某处的树梢上，这里是它们的家，它们不落在此处，也没地方可去。

我们和鸟儿周旋着，采取敌进我退、敌驻我绕的游击战术。每天我们总会有些收获，把几只命运不好的鸟从树枝上射落下来，它们鲜血淋漓地落在地上扑腾着，我们便奔过去，欢庆着胜利。

拥有漂亮弹弓的小三子无疑是我们少年中的神枪手，因为他拥有真正的子弹，我们所说的真正的子弹是轴承里的钢珠，大小不一、通体晶亮、圆润无比，这也是小三子的姨父提供给他的，我们都羡慕小三子有个好姨父。拥有了优良弹弓的小三子，又拥有取之不尽的“子弹”，小三子在我们的射手中就卓尔不群了。他没有理由不成为我们这些弹弓少年中的神枪手。每天小三子的硕果都比我们丰厚，有时能射中三五只鸟，我们则一无所获。不管射中没射中的，都显得很开心的样子，像一群凯旋的将士，越过大院操场，再越过机关办公楼向家属院走去。

我们在回家的路上会经常碰到王然的姐姐，王然也是我们众多少年中的一员，长得瘦小枯干，平时我们都不爱带他玩，因为他像女生一样，动不动就哭鼻子，一哭鼻子下就冒出两个鼻涕泡来，越吹越大，最后灭了，很快又有两个泡冒出来，“扑哧扑哧”地灭下去再冒出来。因此，我们都不把王然当回事，他一哭我们就踢他屁股，越踢他，他就越哭，后来我们烦了，干脆就不把他当回事了，我们去哪儿，他爱跟不跟，就当没他这个人。

王然的姐姐知道我们经常欺负王然，她很不放心，总在家属院门前等王然。王然的姐姐叫王菊，和我们在一所“八一”学校里，她在读高一。读高一的王菊和我们这群少年不一样，不仅比我们高出一个头来，最重要的是她说话的语气，每次见到我们，都像老师一样地训斥我们。看着我们提着血淋淋的鸟，有些鸟还没有死，挣扎着蹬着腿，王菊就会说：你们太残忍了！小三子就梗着脖子，提着鸟，另一只手挥舞着漂亮的弹弓道：你管呢，你算老几?!

王菊在人堆里把王然拽出来，冲王然不知是责怪还是训斥地道：王然，咱们回家，以后不要和他们学。

王然被王菊拉扯着离去，心不甘情不愿地扭头看着我们，我们就做出要踢王然的动作，王然就不再回头了，屁滚尿流地随着他姐姐回家去了。王菊的马尾辫在我们的眼前一跳一跳的，还有她那胀满在裤子里的屁股，也一扭一扭的。我们望着王菊远去，总觉得王菊和我们不一样，究竟哪儿不一样，一时又说不清楚。

其实王菊的一双眼睛是很好看的，她那双眼睛含了层水。看我们时，王菊是一副不屑的表情，但眼睛却像会说话一样，水汪汪的很灵动，有着一种不可言说的神情。虽然王菊经常像老师一样训斥我们，但我们仍然希望每天都看到王菊，一天不见似乎少了些什么。

有一次小三子神经兮兮地问我们：你们说，王然姐姐的眼睛好看还是屁股好看？

小三子比我们年长一级，他似乎显得比我们老到一些，问完这话时，他还一脸坏笑着。

我们面对小三子的问话，一时不置可否地望着他，我们眼前就出现了王菊的眼睛，还有圆滚滚的屁股。眼睛就不说了，谁让王菊有那么一双漂亮的眼睛呢，关于屁股，一想到屁股我们就笑了。想想也是，王菊的弟弟长得那么瘦小枯干，而他的姐姐却那么圆润饱满，凹凸有致，小三子说这是神来之笔，我们不解其中奥妙，也跟着傻乎乎地笑着。

有一次小三子提拎着王然的耳朵，王然踮起脚歪着脑袋，龇牙咧嘴地望着小三子。小三子就一脸坏笑地问：王然，你说你姐屁股大不大？

王然明白小三子的话不是好话，不答，斜着眼睛瞪着小三子。小三子就又用了些力气，王然的脚都差不多快离开地面了，王然受不了了，马上答：大、大，我姐屁股大！

众人都笑了，小三子这才放开王然的耳朵，王然重新回到了地面上，底气就足了一些，他觍着脸冲小三子说：哥，你的弹弓能让我玩一下不？

小三子仍一脸坏笑地问王然：你姐的屁股让我摸一下，这把弹弓给你都行。

说完他挥了挥手里锃亮的弹弓，王然眼馋小三子手里的弹弓，口水都快流出来了，有口无心地说：让你摸还不行吗？

小三子就笑，我们也笑，小三子就把弹弓放到王然手上，说：就玩一下。

王然如获至宝，拿着小三子的弹弓，弯下身子满地找石子。王然用小三子的弹弓射了一下，又射了一下，都把石子射到天上去了。每射一次，王然都发出猫的叫声，我们不明白他为什么要这么叫，最后还是小三子把弹弓夺回来，王然才恋恋不舍地一步三回头地向家属院方向走去。

我们见到王菊时，王菊依旧那样，不看我们，眼神一下盯住王然，王然就乖乖地走过去，任由姐姐牵住他的手。王菊像领一只小猫小狗似的把王然领回去，扭着她那美妙的腰身，圆润的屁股依旧紧绷着，很美好的样子。跟在王菊身侧的王然回头看了我们一眼，似乎觉察到了我们的坏笑，立马走到了姐姐的身后，用瘦小的身躯挡住了王菊的屁股。

不知是王然姐姐教育的结果，还是王然怕小三子去摸他姐姐的屁股，有一段时间王然不再跟我们玩了。按理说，多一个王然少一个王然没有什么，他就是块绊脚石，是个鼻涕虫。可他不跟我们玩了，我们就很少能见到他姐姐王菊了，那双水汪汪的眼睛还有那圆乎乎的屁股也在我们眼前消失了，我们的生活就少了一份很重要的内容，没了色彩，一天到晚精神也干瘪得很。

一天我们正在家属院里索然无味地玩抓特务的游戏，小三子突然说：咱们找王然去。

他的提议得到了我们一致的拥护，于是我们结队来到王然家楼下。王然家住在一栋三楼把角的一个单元里，我们不敢去上楼敲门，因为这时王然的父亲、军区的军训部长一定在家里，我们都有些害怕王然的父亲，那是个黑脸的男人，似乎永远不会笑，只会瞪眼睛，经常组织部队训练，总是吼着讲话。我们怕王然的爹，但不怕王然，于是我们站在王然家楼下，就一起喊王然的名字。不一会儿，三楼的一扇窗子开了，开窗的不是王然，也不是王然的爹，而是王然的姐姐王菊。王菊探出头，冲我们喊：滚，小破孩，快回家去。

说完她关上窗子消失在窗后了。我们再齐心协力地喊王然，突然窗子又开了，王菊用茶缸子把一缸子水泼出来，星星点点地落在我们的脸和衣服上。我们见到了王菊，兴致一下高昂起来，准备把这场游戏玩下去，可泼完水的王菊不仅关上了窗子还拉上了窗帘，和我们彻底隔绝了，不管我们怎么喊，再也没人理我们了，我们心有不甘。

从那以后，每到晚上喊王然下楼成为我们游戏的一个节目。每天，王菊都会从窗子里探出头骂我们是小破孩，有时用茶缸子往楼下泼水，有时不会，直到最后拉上窗帘。拉上窗帘我们就什么也看不见了，我们只能败兴而归，心里怅怅的、空空的。

有一次，小三子站在王然家楼下冲我们说：王然不下楼，咱们用弹弓射他。

小三子的提议引来我们一致叫好，我们纷纷低头找小石子和土块，齐齐亮出弹弓，子弹上膛，一起冲着三楼王然家的窗户发射。一阵乱射，小石子和小土块纷纷砸在墙上和窗框上，发出“咯噔咯噔”的声音，这声音一定惊动了王然的姐姐王菊，她突然推开窗子，探出头大骂：小兔崽子，找死呀！

我们立马作鸟兽散，纷纷朝暗影里跑去。王菊见我们散了，又“砰”地关上窗子。我们打游击似的又回来了，又是一阵发射，周而复始。直到有一次，王菊挥舞着炉铲子从楼道里冲出来，一直追了我们好远，我们吓得跑到小树林里，仍然惊魂未定的样子。王菊自然不会追到小树林里，但我们仍然惊魂未定。

从那以后，每天晚上叫王然下楼成了我们的一个仪式，有时天下雨，没做成这样的游戏，我们都非常失落，因为看不见王菊气鼓鼓的样子，看不见王菊好看的眼睛，也看不见王菊挥着炉铲子追我们时跑动的身影。其实叫不叫王然已经不重要了，这成了我们和王然姐姐的一个共同的游戏，王菊不知不觉加入到了我们的游戏之中，她却浑然不觉。

有一天晚上，小三子又把我们召唤到一起，站在王菊家楼下，他布置道：把弹弓拿出来。

我们齐齐地掏出了弹弓。

小三子又说：把子弹上好。

我们在弹弓的皮兜里装上石子或土块，我们看到小三子把一粒钢珠装到了弹弓的皮兜里。

小三子说：我们喊王然王八蛋，等他姐开窗时我们就发射。

我们一起点头，都为小三子的主意暗自叫好，我们既紧张又兴奋，然后齐心协力用发颤的声音一起喊：王然王八蛋。

喊了几声之后，果然，王菊打开了窗户探出头，一双美丽动人的眼睛怒视着我们，她正要骂我们滚，“滚”还没出口时，小三子下达了发射的命令，我们就齐齐地发射了，子弹雨点似的向王菊射过去。

王菊大叫了一声，捂上眼睛，一下子消失在窗户后面，我们正慌神的工夫，听见屋内王然爹粗声大嗓地说：怎么了，谁干的?！说完一把推开窗户，一张黑脸露了出来。

我们早已魂飞魄散地消失在了黑暗中。

第二天上学，我们没有见到王然，也没见到高一的王菊。这一天，我们在忐忑中度过。放学我们回到大院，听到一个惊人的消息：王菊住进了军区医院，她的眼睛受伤了。

机关的李协理员，挨家挨户地找了我们的家长。说了什么，我们不知道，反正，我们的父母都黑着脸，分别把我们关到屋里揍了一顿，骂我们不懂事，捅了大娄子。娄子究竟有多大，三天后水落石出，王菊的一只眼睛瞎了，眼球被摘除了。这的确是一个噩梦，我们没想到一把小小的弹弓竟然惹出这么大的祸害。

那些日子，我们的家长频繁地出入王然的家里和军区医院，机关保卫部的一个干事把我们的弹弓都收走了，还问了我们许多话，比如，是谁射中了王菊之类的。我们的确不知道是谁射的，在小三子的号召下，我们是一起发射的，我们只能如实地把那晚发生的事又重复一遍，保卫干事做了记录就走了，我们不知道会有什么后果，整日里担惊受怕的，大气也不敢出。

一个多月以后，我们看见王菊左眼蒙着纱布，被她母亲领回了家里。我们才知道，王菊的左眼已被摘除，换成了义眼。我们第一次听到“义眼”这个词。后来小三子说：义眼就是假眼睛。我们才明白，王菊的眼睛真的不在了。我们还知道，参与那天晚上游戏的学生的家长，每个人拿了五百元钱，作为给王菊治病和补偿的费用。我们各自又挨了一顿揍，父母下令放学后哪里也不能去，我们只能待在家里。

王菊因为眼睛休学了一年，本应该上高二的她，又复读了一年。

从那以后，我们不再敢见王菊了，她那双美丽的眼睛消失了一只，只要一看到她的身影出现，我们都躲得远远的。有一次王然找到小三子，他疯了一样把小三子扑倒，又踢又咬，让小三子还他姐姐的眼睛。小三子不还手，任王然踢咬，在王然的印象里，射伤姐姐眼睛的非小三子莫属。其实我们也这么认为，但没有证据。小三子从那以后开始变得沉默寡言了，再也不和我们一起玩了，经常一个人发呆，小三子在我们眼里似乎一下子就长大了。

直到王菊毕业那一年，我们才真正目睹了装了义眼的王菊。王菊作为毕业生的代表上台发言，王菊举着右手向毛主席发誓，带头下乡插队。她的一双眼睛不再像以前那样动人了。王菊本应该去参军的，就因为她装了义眼，只能下乡插队了。王菊的左眼因为是假的，并不听指挥，右眼看左时，她的左眼还是看着前方，两只眼睛的大小也不一样，左眼毫无表情，看起来怪怪的。王菊就是带着怪怪的左眼下乡了。我们心里都有种说不出的滋味，王菊下乡了，我们都不敢见王然，王然一直把我们当成了敌人，一句话也不和我们说。小三子比我们早一年毕业，他也没去参军，主动要求下乡了，他插队的地方就是王菊所在的知青点。

从那以后我们就很少能看到王菊的身影了。也很少看见小三子了。

我们高中毕业那一年，王菊从乡下回了城，被招到一家工厂去上了班。没多久，听说王菊要结婚了，未婚夫是部队复员的一名战士，和王菊在一个工厂。

王菊结婚那天，我们也远远地去看了，王菊被接走时，一点也不热闹，甚至有点寒酸，未婚夫穿着一身旧军装，推着自行车等在王菊家楼下。王菊从楼上下来，穿着新衣服，脖子上多了一条红色的纱巾。她来到楼下，冲未婚夫笑一笑，说了句：咱们走吧。

未婚夫掉转车头，骑了上去，王菊一踮脚，轻盈地坐到自行车后座上，用手搂了未婚夫的腰，样子很好看，像要飞起来一样。两人越骑越远，最后骑出军区大院。

突然我们看到已经下乡的小三子跑进了军区大院，他穿着军裤，胶鞋上还沾着泥点子。他看着我们一脸失落地说：我听说王菊要结婚了，我是从乡下特地回来的。

我们都没有说话，再抬头看小三子时，小三子已经泪流满面了。

小三子又说：王菊不该嫁给这个人。

后来我们听说，小三子在乡下向王菊求过婚，发誓要娶王菊，不知为什么王菊没同意。后来小三子也回城了，但他一直没有结婚，许多人给他介绍女朋友，他见都不见一下，抱着一把吉他在院内的树林里自弹自唱，没有人知道他心里想的是什么。

又过了几年，我们有的从部队复员回来了，有的从乡下插队回来了，我们又聚在大院里，我们都得知一个消息：王菊离婚了。

离婚的王菊又回到军区大院父母家里，她结婚又离婚，我们觉得这似乎和我们有着因果关系，心里很愧疚，不敢见王菊，总是躲着她的身影。有时在胡同里不期碰面，我们都虚虚地去看王菊，王菊倒像没事似的冲我们笑一笑，一只眼睛向左，一只眼睛向右，看我们一眼。王菊走过去了，我们心里就堵得难受。

不久，我们突然接到小三子的结婚请柬，都不敢相信自己的眼睛，请柬上写着小三子和王菊的名字。他们一同邀请我们去参加他们的婚礼。听说小三子费了挺大的事，最后都给王菊跪下了，王菊才同意求婚。

这两人的婚礼我们都去了，小三子不停地给我们敬酒。每敬一杯，小三子都问我们：王菊漂亮吧？我们就想起了上学时候的王菊，我们都说：漂亮，祝福你们！

那天王菊和小三子的婚礼，我们真的很高兴，都觉得他们是天底下最幸福的人，昔日的弹弓少年，在婚礼上都喝醉了。

地 下 恋

部队条例规定：驻军战士不许在当地谈恋爱。

制订条例的人，我想一定有几方面的考虑：一是这样做有利于部队的管理；二是这样做会避免许多麻烦。战士总会有复员的那一天，部队的原则是：战士复员一定要回到原籍落户。天各一方，恋爱结婚身处两地会有种种麻烦。

不论怎样，部队的条例就是铁板一块的纪律。

即便有这样的条例，仍然有许多战士，冒着违反条例被处分的危险，偷尝禁果。在部队发生这样的事情，我们称为“挂钩”。

我刚当排长不久，便遇到了这样一件事。我们连有个战士姓于，湖南人，从面相上看很老实，接触下来也很本分。作为排长，一个基层管理者，平时眼里只盯着那些刺头兵或者一看上去很机灵的兵，觉得他们随时会惹事，于是盯着他们的目光就加倍警惕和小心。

小于一看上去就老实厚道，话语不多，让干什么就干什么，在我们眼里是放心的兵。小于服役三年后，突然有一天提出要到后勤去喂猪。连队为了自给自足，上级号召我们养猪，连队虽然伙食并不太好，但总会有一些剩饭剩菜倒在泔水桶里，这些扔了也是浪费，于是就开始养猪。

我们连队的猪也就是三四头的样子，有大有小，像一群兄弟，挤在我们院外的猪圈里，整日哼哼叽叽的。猪圈大家都知道，味道很不好，为了环境，只能建在营院外一个偏僻的角落里。平时，我们即便非得路过猪圈，也会绕远走。

以前一个姓王的老兵负责养猪，后来王姓老兵复员了，小于就主动请缨去喂猪了。猪和人一样，每日要吃三餐，有时还要加餐，吃些草还有些其他植物什么的。

小于在连队的士兵操课时，身上会挎个篮子，手里提把割草的刀，慢吞吞地走出营区，我们知道，小于这是给猪打草去了。小于果然是个踏实的兵，上午一趟，下午一趟，外出给猪割草，每次都满载而归，盛满青草的篮子挎在他的腰间，小于也一脸汗津津的样子。看了小于，我们都心生感动。

功夫不负有心人，猪们在小于的精心饲养下，茁壮成长，个个长得溜光水滑。有一次，我们师后勤搞了一次养猪交流活动，我们连队的养猪工作被评为先进，上级组织许多连队的猪倌来到我们的猪圈进行参观。

那天一大早，小于把猪圈里外打扫了，又用新鲜的黄土里外铺上了。为迎接参观团的到来，小于还换上了新军装。他像个新兵似的站在猪的身旁，一边接受领导的表扬，一边接受照相。让他介绍体会时，他的脸红了，吭哧半天才说出一句：要让猪长得好，就要给猪吃草。众人鼓掌，小于的脸就愈发地红了。

从那以后，小于割猪草更加勤奋，早出晚归的。每次小于满载而归时，我们都会闻到一股青草的清香。闻了这样的味道，我们似乎都食欲大增。

夏天秋天一过，就到了冬天。树叶凋零，草木枯萎，视野一下子就开阔了。我们注意到，小于没法出门打猪草了。我们经常看到他站在猪圈的院墙上向远方眺望。我们顺着小于的目光望过去，前方有个模糊的村庄，村庄上空依稀飘着炊烟，我们就想：小于在那儿乡愁呢。

冬日里的一个周末，晚上我们按惯例进行晚点名，结果发现小于不在。连长让人去猪圈找，也没发现小于的身影。对老实本分遵守纪律的小于来说，出现这种情况实属罕见。

晚点名过后不久，小于回来了，穿过我们的视线一直向猪圈走去，把一堆干草抛到猪圈里去。那是小于夏天割的草，留存到现在。

营院门口的哨兵向连长报告了一件事：他们发现在营区外的马路上，小于和一个姑娘拉拉扯扯，拉扯了一阵后，小于向营区走来，那个姑娘就躲在一棵树后一直看着小于回到了营院，才恋恋不舍地转身离去。

哨兵的报告无疑是重要的，于是，我们找来了小于进行谈话。小于一进到连队会议室，看到我们连排长都聚齐了，汗就下来了，从裤兜里掏出一只手绢，在额头和后脖颈子上，左擦一下，右抹一下。

我们单刀直入，开宗明义地说到了那个姑娘，小于一直微笑着，脸上的肌肉却是僵硬的，虚虚地冲我们笑。最后不得不承认，他和当地一个女青年“挂钩”了。

因为小于很诚实地交代了一切，我们并没有费力气就知道了那姑娘的住址和姓名。就是在我们营区能看见的那个村庄中的某位姑娘。小于的态度很好，好到超出我们的想象，后来小于又写了份保证，保证解除“挂钩”再也不和那个女青年来往了。

为了确保那个女青年和小于彻底了断，连长让我代表连队和那个女青年谈一谈。我骑上了连队的自行车，不到几分钟就来到了那个村庄。这个村庄说大不大说小不小，典型的北方村庄的建筑，但又有了城市的模样，有的人家还盖起了楼房，院墙也很讲究，用白灰勾了线。这地方是近郊区，离城市坐公车也就十几分钟的样子，因此，这个村庄时时透出城市的气息。姑娘叫朱小文，这是小于说的。果然，一提朱小文，就有热心人把我领到一户人家门前，这是一个三间房的院落，不锈钢焊接的铁门，让人看上去一切都很干净。门上还有门铃，我按门铃，里面有清脆的铃声响起来。

一个姑娘走出来。

我说：我找朱小文。

姑娘没说话，打开铁门，让我进去。

我又说了句：我找朱小文！

她这才说：我就是！

我认真地打量了一下这位姑娘，说心里话，长相还可以，鼻子是鼻子眼睛是眼睛的，人很干净，穿着也时髦——牛仔裤、羽绒服。

她把我带进屋里，朱小文的母亲已经把茶沏好，正往杯子里倒。她们母女热情的样子，似乎早就知道我要来。

我坐在一张椅子上，朱小文的母亲就说：小于的领导吧？

我点点头，她们的主动，让我变得无话可说。我只能干涩地把部队的条例又讲了一遍。

朱小文就点头道：你们的纪律小于跟我说过。

我望着朱小文，真的不知该怎么接话了。

朱小文的母亲上上下下又把我打量了一番，说道：排长，还没女朋友吧，小于说过你。

看来小于和朱小文一家关系已经很不一般了。

我又断断续续地讲了一遍部队的条例和小于当前的状况，告诉她们再有半年时间小于就该复员了，复员后就要回到湖南老家生活去了。

母女俩不停地在我面前点头。

后来我就起身要走了。朱小文的母亲说：排长，你是干部，可以在当地找对象，阿姨帮你介绍一个姑娘行不？

我没说话，笑一笑走出门。朱小文送我，到了铁门外，朱小文说：放心吧排长，我不会和小于来往了。

她说得轻描淡写，一副很轻松的样子。既然当事者朱小文答应了，我就能轻松回连队了。

从那以后，小于果然很少外出了，有时仍会站在猪圈的院墙上，向村庄方向眺望。村庄上空有时有炊烟，有时没有。但永远都是静静的，像一幅画。

又过了一个夏天，小于照例去割猪草，都会按时归队，并没发现异样。又迎来了秋天，秋天一到，就到了老兵复员的日子了。

小于和其他老兵一样，接到复员命令后，便开始收拾行装，准备复员了。

送别老兵那天，一辆车停在院内，这辆车要把老兵们送到火车站，然后他们就要踏上各自回乡的列车了。

我亲自帮小于把行李放到车上，还拍了拍他的肩头道：小于，回老家一定好好干。

他笑一笑，又把扔到车上的行李拽了下来，重新背到肩上，我不解地去望小于。我顺着小于的目光扫过去，看到朱小文站在不远处。

小于就说：排长，给你们添麻烦了。我现在已经复员了，以后不论干什么，都不受部队纪律约束了。那我就走了。

小于平静地走向朱小文，朱小文接过小于的行李，两人高高兴兴地向营区大门走去。

所有送行的人们，都惊愕地望着这一幕。

小于已经复员了，走出营区的大门，我们就管不到他了。

元旦头几天，我们接到了小于的通知，他告诉我们他要结婚了，日子就定在元旦这一天。

我赶到的时候，婚礼已经散场了，朱小文一家和小于正在清理结婚现场，小于见到我很高兴，拉着我非得要我再喝一杯他和朱小文的喜酒。

我坐下来，望着小于问：当初为什么骗我们？

小于又笑一笑，样子还是憨憨的，他说：排长，你还没恋爱，你要一谈上合适的姑娘，想放是放不下的。

我就说：小于，真没看出来，你还有这一手。

小于就又厚道地一笑，说：排长，给你添麻烦了。

我只能拍拍小于的肩膀。

小于和朱小文把我送到门外，我骑上车时，小于在后面说：排长，以后常来玩呀。

我答应了一声，心里想起一句话：愿天下有情人终成眷属。可我并没有说出来。

不久，我们听说小于和朱小文在市里开了一家食杂店，两人搬到市里去住了。

又是一个夏天的时候，我路过了那家食杂店，看到小于坐在收银台前正给顾客算账，朱小文在往货架上摆放着物品，朱小文的腰身已经变形了，显然已经有五六个月的身孕了。

我站在食杂店门口，看着忙碌的两个人，转身走了。

小于和朱小文无疑是幸福的，既然幸福就不要打扰他们了。

枪声嘹亮

每个男孩子的成长过程中，都有过痴迷枪的经历。枪——冰冷、坚硬，有很强的破坏性，它像一个成长中的男人。男孩子们追捧枪也就不足为奇了。

我们的同学孙大来一直吹嘘他打过枪，那时我们刚上小学四年级，我们一直认为孙大来在吹牛。于是孙大来就把打枪的经历吹得有鼻子有眼。他说上三年级时，他爹高兴，带着他去山里打过一次猎，是开着吉普车去的。绿色的吉普车我们不稀奇，当年我们军区大院有许多绿壳子吉普车跑来跑去。我们头疼脑热的要看医生，我们的父亲曾动用这种吉普车送我们去过医院。孙大来又说，他爸在那个寒假里带他出去打猎，他爸用的是长枪，给他使了一回手枪，他一共打了三枪。他爸用长枪打的是动物，他用手枪打的是树。

我们一致认为孙大来在吹牛，他很委屈的样子，然后急赤白脸地争辩道：那枪老响了，劲很大，差点从手里蹦出去。我们就笑，打死也不相信孙大来打过枪。那会儿，全国正在备战备荒，所有的军人都佩了枪，当时军区规定，团以上干部要枪不离身，二十四小时时刻准备着。我们的父亲或者母亲，每天从军区机关下班都会把枪带回到家里。枪是个冷冰冰又沉甸甸的家伙，我们这些男孩子对神秘的枪充满了向往，可我们的父母似乎对枪很嫌弃的样子。一回到家就把枪锁在抽屉里，我们多看一眼，都会遭到父母的训斥，仿佛那一把把精致的枪是瘟神。

孙大来如果说看过枪、摸过枪，我们肯定信，因为他父亲是军务部的部长，职务是师级，有权也有义务把枪拿回到家里，让他摸一摸看一看，这种情况不稀奇。我们对当年流行的绿皮子吉普车和乌黑发亮的手枪已经见怪不怪了，车我们坐过，枪我们肯定没有打过。孙大来说他打过枪，我们虽然不相信，明知他在吹牛，但还是充满了嫉妒。

在那个年代，我们太痴迷枪了，我们从小到大都是看着战争片成长的，从早一点的《地道战》《地雷战》，到后来的《南征北战》《上甘岭》，还有看不懂的《第八个是铜像》，都和枪有关。战争场面一开始，枪声嘹亮，炮弹的轰响此起彼伏，我们激动，我们热血，当然也心潮澎湃。这是我们童年最神圣的向往，向往自己能成为战火中的英雄。

我们不相信孙大来的原因有很多。最重要的是，孙大来这人爱吹牛。有一次，他姐带他去了山东，爬过一次泰山，带他去泰山顶上看日出。回来后，他就跟我们吹嘘，他说他摸到天了。我们就问：天是什么样的？他认真地说：天是硬的，邦邦硬，像家里做饭的锅。刚开始我们相信了，有一段时间我们抬头望天，看天上的浮云，看星星看月亮，想着它们的硬度。后来有一天我们看到了一本自然科学的书，书上描绘了地球还有宇宙，我们才发现孙大来在吹牛。当我们把那本自然科学的书放到孙大来跟前时，他还嘴硬，说写那本书的人一定没去过泰山，没有摸过天。我们气得恨不能暴揍一顿爱吹牛的孙大来。孙大来就是个煮熟的鸭子，心烂嘴不烂，他那张嘴死犟死犟的。

我们集体不相信孙大来，这让孙大来的自尊心受到了严重的挫伤。有一段时间，他上学不和我们同路了，放学也是，就是在课间也梗着脖子不正眼看我们。

直到有一天中午，我们放学回家吃过午饭，正准备去学校。孙大来用手捂着裤裆，好像有个东西塞在裤裆里，他弯腰躬背地小心护卫着，热情主动地拉着我们就走。我们不明白孙大来这是要干什么，他的样子神秘又激动，话都说不完整了，他一遍遍地说：走，快走，快走哇……

他激动的样子，仿佛马上就要哭了出来。孙大来这个爱吹牛的家伙一直把我们带进了军区大院的防空洞里。当年全国人民响应毛主席的号召：深挖洞，广积粮，备战备荒为人民。全国人民在九百六十万平方公里的土地上，挖出了许多洞，全国的几亿人有一段时间和地球干上了，把防空洞挖得很深，纵横交错，为的就是防美苏两霸的原子弹。我们学校和军区大院开展过防原子弹的演习，在学校时，我们趴在地上，用毛巾捂住脸，屁股撅起，像一只只遇到危险的野鸡，顾头不顾腚地趴在学校的操场上。我们军区大院的演习就要高明多了，防空警报一响，家家户户都钻进了防空洞里。我们大院内的许多地道，都挖到了每家每户，有的家里地板下就是地道，掀开地板就可以钻进去。后来天天喊着防空，却不见真有原子弹落下来，人们绷紧的神经就松弛下来，居然有不少人家，把自家的防空洞当成了菜窖，放一些萝卜白菜和土豆，把防空洞弄得臭气熏天的。

孙大来那天中午，把我们拉进了防空洞，这个防空洞是平时演习用的，我们都进去过，对这里的一切并不陌生。

孙大来一进到防空洞，先是从裤裆里摸出一只手电，手电打开的瞬间，他又从裤裆里摸出一把枪来。六四式手枪，乌黑锃亮，枪身上还闪着油光。孙大来一手握枪，一手握着手电，他的样子就像一个双枪将军。此时他的声音已经不抖了，他挺着腰杆豪气满天地说：怎么样，我没吹牛吧！

在那天中午，我们相信了孙大来说的话，因为枪就在他手上。后来，他把手电交给我，我就像一个警卫员似的为孙大来照着亮。孙大来半生不熟地捣鼓那支枪，先是把弹夹卸下来，弹夹内有子弹四颗，晶黄饱满，沉甸甸的，又拉开枪膛，里面又蹦出一颗，一共有五颗子弹，我们眼见为实，这次彻底相信了孙大来。

五颗子弹，我们正好是五个人。孙大来牛皮哄哄地用指头在我们头顶一一点过，连点了三遍，还是五个人。孙大来就咧着嘴说：咱们五个人，一人一枪。于是，我们设计了种种的射击办法，一枪还没发，就已经激动得差点晕过去了。

孙大来打的第一枪，他像一名教练一样给我们做着示范，他双手举枪，我打着手电，让手电光柱顺着防空洞的尽头射过去。防空洞没有尽头，光柱在前方不远处模糊了，孙大来豪气冲天，牛皮哄哄地冲着光柱瞄着，瞄了许久，换了许多姿势后，那石破天惊的第一枪终于响了。瞬间，火药的气味弥漫开来，这气味刺激着我们，让我们嗷嗷大叫。这一声枪响太嘹亮了，震得我们耳鼓嗡嗡作响。

我们五个人，五发子弹，足足在防空洞里折腾了一个下午又一个晚上。当我们拖着疲惫的身躯爬出防空洞时，才意识到军区大院出事了，而且是大事。

我们先看到到处警戒的士兵，大门口不仅站了双岗，还有人全副武装地在那里检查每个进出大院的人，家属区的楼下，也可以看到流动的士兵，他们排着队，头戴钢盔，手持冲锋枪，迈着整齐的步伐，咔咔地走过。

我们不知发生了什么，严肃的气氛让我们既紧张又兴奋。我冲一个路过的军官打听：叔叔，这是演习吗？

那个军官没搭理我，指挥着一队士兵咔咔地在我眼前走过。

我们五个孩子，不敢在院内久留了，四散着回到了各自家中。

进了家门姐姐告诉我：军区大院出大事了，白天进来了特务，把孙部长的枪给偷走了。听了姐姐的消息，我脑子一下子蒙了，孙大来成了特务。现在全院官兵正在抓他，我为孙大来捏了一把汗，如果孙大来是特务，我们就是孙大来的同谋了。害怕恐惧让我没敢说出事情的真相，灰溜溜地钻进自己的房间躺到了床上。姐姐以为我被特务吓着了，进门还摸了摸我的脑袋，安慰我道：别怕，咱们楼下就有巡逻的士兵，特务不会怎么样的。

我在黑暗中点头，表示同意姐姐的分析，姐姐又摸了一下我的头出去了。白天的兴奋劲彻底过去了，恐惧和疲惫袭击了我，眼皮发沉大脑不听指挥，迷迷糊糊马上就要沉睡过去。突然听到窗外，后面那幢楼下，传来狼嚎一样的声音。我猛地坐了起来，推开窗户，看见孙大来家楼下聚了一堆人，有军人也有家属，孙大来被绑在一棵树上，他的亲爹孙部长挥舞皮带不分脑袋屁股地正在抽他，孙大来就发出狼嚎一样的叫声。孙大来那个可怜的妈挓挲着手站在一旁，不知如何是好地在哭泣着，周围所有的窗户都开了，探出无数颗脑袋看着楼下这一幕。

后来有人抱住了孙部长的腰，孙大来的妈可能反应过来，一下子扑在孙大来的身上，悲怆地喊出一句：要打就打死我吧！孙大来娘的这声呼喊像一名共产党员说的话。我心想：这下孙大来得救了。

孙部长也悲怆地喊出一句：你个小犊子是想毁了我呀。

那天晚上的场景到此就戛然而止了。

第二天早晨，我们在上学的路上看到了孙大来，他的脸上被红药水和紫药水差不多涂满了，拐着一条腿，书包挂在脖子上，他就像一个伤兵。我们对孙大来顿时肃然起敬，他冲我们笑，露出一口白牙，很坚强的样子。

那件事情发生后没多久，我们听说孙大来的父亲受到了一个不重也不轻的处分。又过了没多久，孙大来的父亲被调到外地部队去任职了，孙大来的家也搬走了。从那以后，我们失去了爱吹牛的同学孙大来。

也就是从那次以后，所有军官的枪都被收回了，由机关统一保管。

一直到我们高中毕业，再也没听到关于孙大来的消息。许多年过去了，我们同学聚会，在一家饭店里弄了个包间，我们再看着彼此时，发现都有了许多变化，头发稀疏、小腹隆起，一晃人到中年了。我们先是来了四个人，其中一个人神秘地告诉我们：一会儿还有一位重要同学要来，今晚的聚会就是他张罗的。我们不知底细的三个人就胡猜乱猜，谁也没想到过孙大来。我们正猜着，突然一个人推开了包间的门，中年的孙大来出人意料地站在我们面前，他还像当年那样笑着，露出一口白牙。我们一阵惊呼：孙大来……我们做出要扑过去拥抱状，孙大来用手势制止了我们，从后腰处先掏出一把枪，砰地拍在桌子上。我们一惊，孙大来一笑道：别害怕，我现在是警察，这东西放在身上碍事，影响喝酒。

我们一起冲孙大来笑了。

那天晚上我们喝了许多酒，直喝得两眼充血，双腿不听使唤。

就是喝了那么多酒，喝得孙大来满嘴都跑火车了，走时他还没忘把放在桌上的枪收起来，一丝不苟地把枪插在腰间的枪套里。在饭店门口分手时，我们依次拥抱了孙大来，我们拥抱他时，都拍一拍他腰间的枪，小声地说：哥们儿，没想到这么多年过去了，你还和它打交道。

孙大来冲我们挥手告别，重重地拍了下腰间的枪，说道：枪是什么，枪是男人。然后潇洒地转身。我们目送孙大来远去时，他的背影坚挺而又有硬度。

从那以后，我们和失踪多年的孙大来有了联系，隔三岔五地就要见一下。在我们这些人中，孙大来的作风很坚硬，不像一个到了中年的人。后来时间久了，我们终于悟出，之所以孙大来和我们不同，是因为他身上佩了枪，枪让孙大来坚硬着，像一个真正的男人。

张棉远和他的自行车

在上小学三年级时，张棉远学会了骑自行车。

我们的童年，学会骑自行车是件大事，因为那会儿没有多少家庭有自行车。张棉远的父亲是邮电局的投递员，邮电局给张棉远父亲配了一辆自行车。那辆自行车被涂成邮电局的绿色，和在街边看到的信筒颜色一样。车的牌子是“永久”，按现在的话来说，是自行车中的大牌子。

张棉远的父亲是一位长得很结实的圆脸男人，因常年风雨无阻地骑着自行车给人投递信件报纸，身板就很好，敦实厚重，很扛造的样子。扛造的男人白天给人投递信报，晚上天一黑就上床睡觉了。张棉远晚上趁父亲睡觉便偷偷地把父亲的自行车推出来，趔趄着身子，撅着屁股学骑自行车。自行车是二八式的，很高大生猛，同样长得敦实的张棉远，个头刚有车把那么高，小孩学骑大人的自行车只能掏裆骑。所谓掏裆就是把身子悬挂在自行车一侧，右腿穿过自行车构成的三角车架，斜歪着身子，很难受的样子。虽然难受，张棉远学习自行车的热情却很高涨，在自家门前并不宽阔的马路上来来回回地溜那辆二八自行车。有时一不留神就摔倒在地。一旁观看的我们就幸灾乐祸地笑，我们巴不得张棉远这一跤摔掉几颗门牙，或者手肘见点血什么的，那样我们的心才会平衡。结果是，张棉远在每次摔倒之后都倔强地爬起来，拍拍手上的土，红头涨脸地又开始和那辆自行车较劲。

渐渐地，张棉远居然学会了骑车，刚开始能骑上十米车子不倒，后来又是三五十米，几天之后，自行车居然不倒了。我们心里的滋味就不那么好受了。

貌不惊人、学习又不咋样的张棉远居然学会了骑自行车，而且能把邮电局的“永久”牌自行车骑到大街上而不倒，这是我们无法接受的。在那一段时间里，从黄昏到晚上，我们附近大街小巷里，随处可见张棉远撅着屁股，斜歪着身子，一趟又一趟溜那辆自行车。我们一次次巴望张棉远摔车或出点什么事，可每天见到张棉远他都好好的。自从张棉远学会骑自行车后，他的眼神和以前都不一样了，以前软绵的眼神，此时，已经变得坚硬如铁了。最不能让我们忍受的是，他没事就炫耀自己会骑自行车这件事，弄得一帮小女生围着他一遍遍东问西问的。那些日子，张棉远嚣张得很，和以前那个老实巴交、一脚踹不出个屁来的张棉远相差十万八千里。

那一段时间张棉远很嚣张，很嘚瑟。

我们这些不会骑自行车的人终于团结起来，并决定整一整嚣张嘚瑟的张棉远。说干就干，整蛊张棉远成为我们的动力，在张棉远骑自行车的必经之路上，我们齐心协力地挖了一条土沟，沟上又用木棍和乱草遮盖上，再小心地把沙土平整地铺在木棍和乱草上。我们整蛊张棉远的办法和八路军当年整日本鬼子的办法如出一辙。那会儿我们正在追看《地雷战》和《地道战》。聪明的八路军和抗日群众，有很多整治鬼子的办法。我们要用当年八路军整小鬼子的办法整一整同样可恨的张棉远。

果然，张棉远又如期地把自行车骑出来了，小小的身子歪斜地吊在自行车的一侧，屁股一撅一撅，正勤奋卖力地溜那辆二八自行车，离我们的暗道机关越来越近了，我们埋伏在一旁心都快提到了嗓子眼。一瞬间，张棉远和自行车就冲了过来。

结果可想而知，张棉远连同自行车四仰八叉地摔在马路中央，和当年小日本的狼狈样子没什么差别。

张棉远一手捂着腿，一手捂着嘴，嗷嗷地躺在马路上干号。我们顾不得张棉远狼狈的样子了，一转身作鸟兽散了，兴奋地跑进小胡同，再一转回到了各自家中。那一晚，我一想到张棉远狼狈的样子就兴奋得睡不着。不知过了多久，才慢慢睡去，睡梦中又笑醒了几次。

第二天晕头涨脑地来到了学校，张棉远已先我们一步来到了学校，他腿上缠了纱布，更可笑的是他少了两颗门牙。他瘪着嘴，仇恨地望着我们。我们不知这场祸的结果是什么，忐忑地上完了一节课。

一下课班主任就把我们几个叫到了老师办公室。世界上最可恨的人就是叛徒，老师还没问我们怎么回事，刚把严厉的目光依次在我们脸上扫过，有个叫郑小冬的人就招了。他先是推脱责任，说自己什么也没干，就在一旁看了，然后用手指着我们，带着颤音说：老师，都是他们干的，石钟山就是领头的。

我看着郑小冬，恨不能一脚把他踢出老师办公室。

事情接下来便可想而知了，放学后我们这几个整蛊的学生都被老师留下了，写检查，第二天又当着全班同学的面依次走到前面念自己写的检查，字字血，声声泪的，仿佛自己就是罪大恶极的刘文彩或者周扒皮。

终于过了检查这一关，回到座位上时，张棉远的目光投了过来，他的目光又坚硬如铁了，我不怕他的坚硬目光，迎着望过去，一直到他的视线避开。我心想：不就是整你一次吗，干吗要告老师？他告老师的结果是让我开始更加仇恨他，发誓要把他整老实了，让他的目光再变软了。我非常不喜欢张棉远坚硬起来的目光。

我们的整蛊并没有影响到张棉远的车技，不久，他不再掏裆骑车了，而是把两条腿分叉在车梁上，继续嚣张嘚瑟。

我望着张棉远张狂的身影，一遍遍地想：看你能嘚瑟到什么时候?!

消失的二哥

二哥十六岁那一年留下一封信便神奇地消失了。

二哥消失的前一年，曾发生过一次上山打游击的闹剧。那年二哥和院里几个同龄的孩子相约跑出大院，走出城市，搭汽车又搭火车去了辽北的调兵山。他们的目的只有一个，那就是去调兵山里打游击。在这之前他们看过许多毛主席当年在井冈山的革命故事，在小学课文里还学过《朱德的扁担》，讲的都是当年红军在井冈山的故事。心血来潮的二哥，穿着绿色的军裤，歪戴着军帽，拿着自制的火药枪，与院里同龄的几个孩子，偷偷地跑进了调兵山。

二哥他们上山打游击是在那年的暑假，院子里一下子消失了几个孩子，起初并没有人在意。十五岁的孩子，已经上高中了，在暑假里打打闹闹，这家住一夜，那家过一晚，这种现象也很正常。

二哥消失三天之后，才被我发现。那天我们被院外一帮大孩子欺负了，回到院里搬救兵。二哥他们这帮孩子，一直是我们的救兵。关键时刻，只要二哥这帮孩子出面，所向披靡，二哥他们在沈河区后勤大院一带，已经很有名声了，他们一挥手，附近几条街的小崽子们肝都颤。二哥他们曾经在这一带打过几次著名的群架。先是和沈河区委大院的孩子们打了一场轰轰烈烈的群架，那一次，二哥在院内纠集了二十多个年龄差不多的孩子，在万柳公园里和同样有二三十号人的区委大院孩子对峙，他们亮出了菜刀、军刺，还有火药枪，书包里沉甸甸地装着板砖。那一次，两拨人对峙了十几分钟之后，二哥拔出军刺大叫一声冲过去，两拨人马就战在了一起。足足激战了有一个小时，最终的结果是区委大院的那帮人逃之夭夭了，地上留下了好几摊血，有的脑袋被开瓢了，有的大腿上被军刺捅出了血窟窿。我们军区后勤大院的人马也有伤情，二哥的手臂被划出了两寸多长的大口子，战后被送到门诊部缝了八针，还有脑袋流血的，二哥的同学二狗子的头上缠的纱布十几天之后才拿掉。总之，二哥他们用鲜血证明了自己不怕死。

还有若干次的遭遇战，那会儿区委那帮孩子总是和二哥这帮军区大院的孩子过不去，见面就打，二哥他们一见这些人，也不说话，上去就打，大多时候是遭遇战，他们只能抡圆了书包当武器，他们的书包里装的已经不是书本了，而是坚硬的板砖。黄军挎做的书包在他们手里潇洒地飞舞，板砖的撞击声铿锵作响，咒骂声、喊杀声和狼哭鬼嚎的声音交错在一起，景象壮观刺激。

当时，我们这些刚上小学的孩子，只是看客，看着这激战场面激动得不行。同学朱革子看这样的场面还尿过裤子。仗都打完了，朱革子才哆哆嗦嗦地说：太吓人了。我们看朱革子时，朱革子半条裤腿已经湿淋淋地坠着了。我们就骂朱革子熊包，朱革子用手抓着裤裆逃兵一般地往家里跑。我们就笑，我们就多了一条瞧不起朱革子的理由了。

那年的暑假，我们挨了欺负找不到二哥帮忙，就乱喊乱叫，后来家长们才发现这帮孩子失踪了。先是报告了派出所，又在特务连调了一个班战士出去寻找。

二哥他们那次在消失一周后被调兵山的民兵给押了回来。直到这时，我们才知道二哥他们去了调兵山。之所以被民兵发现，是因为他们偷了人家的玉米拿到山上偷烤，烤玉米的烟雾吸引了警惕性很高的当地民兵，人家就把他们一伙给包围了，没费多大力气就把他们给拿下了。民兵手里都有枪，七九式或者半自动，民兵连长用的还是冲锋枪。二哥他们一见到真家伙，他们手里的军刺、火药枪就派不上用场了。他们在一支支乌黑的枪口下只能举手就擒。二哥他们在那年的暑假打了败仗，同时，他们打游击的美梦也破碎了。

二哥他们被民兵押解回来后，遭到了各自家长的一顿暴揍，我记得父亲用皮带抽了二哥足足有十几分钟，二哥不叫，只不停地在地上翻滚。父亲气喘着指着地上的二哥大声地责问：你要打谁的游击，嗯？你要造反吗？嗯?!

二哥他们自知这场游击不怎么光明磊落，更不理直气壮，挨了一顿暴揍之后，他们集体沉默了。

开学之后，二哥他们就上高二了，他们似乎一下子就长大了。长大的标志有几点，首先他们不再像我们这帮小崽子似的乱喊乱叫了。他们很少说话，嘴唇上还长出了淡淡的绒毛，说话的声音也变粗了；他们经常把黄军挎吊在脖子上，他们腿上跨着的自行车就像个玩具，停在任何地方都不下车，两脚拖在地面上，斜着眼睛看这个世界。那会儿，我们这些小崽子太崇拜钦慕二哥他们了。

二哥又一次消失时，是他们高中毕业之后那个暑假。二哥毕业前夕很少着家了，早出晚归的，他们那几个死党形影不离，经常聚在一起开小会。我们有几次凑到跟前去偷听，他们一见我们就一脸严肃了，然后大声地让我们滚。我们不滚，他们就斜着眼睛看我们，我们看到了二哥眼神里冷冷的东西，就害怕了，嗷叫一声就散了。

我们一散，二哥他们又严肃地说事，眉头都拧在一起了，苦难深重的样子。

二哥消失的前两天，他把我叫到了他的房间，先是把他那顶军帽戴在我头上，他的脑袋比我的大，帽子戴在我头上咣里咣当的，但我还是很高兴，我一遍遍问：这军帽给我了？二哥点点头，想了想又把那件军上衣脱下来给我披上，二哥的上衣披在我身上像一件袍子，我悲哀地说：哥，太大了，还是你穿合适。二哥就拍了拍我的肩膀说：以后你穿就合适了。二哥这么大方对我，我那天感动得差点流出眼泪来。

二哥那天还对我说：以后少惹事，要是有人欺负你，你就来点狠的，让他这辈子都怕你。

我点了点头，但又问：哥，以后你不帮我了？

二哥又拍了一下我肩膀，说道：哥大了，要干大事了。

那天我听了二哥的话，心里很难过，心想：以后这个世界只能靠自己了，二哥不带我玩了。

二哥说完这些后，没两天就失踪了。这次失踪和上次不一样，一直没有民兵把二哥他们押送回来。

大院里丢失孩子的家长都急了，他们先是通报了公安局，后来又通报了军区党委。孩子们集体失踪是件大事，上上下下都动员起来寻找失踪的二哥他们。

我走进二哥的房间，翻弄着他留下的东西，结果在抽屉里发现了二哥留下的一封信。二哥的信是这样写的：爸、妈，我走了。我满十六岁了，出门干大事去了。不要找我。如果有一天我战死疆场了，那我就是烈士，我们要用自己的鲜血染红青春……

二哥留下的信很狂妄，他把自己比喻成烈士。当父亲看到这封信时，他出奇地并没有暴跳如雷，而是又认真地看了一遍信，然后走到客厅的墙旁。墙上挂了一张世界地图和一张国内地图，他走到国内地图那里，望着南方的边境线看了很久，又拿出放大镜，看了又看。许久，才离开地图。

父亲走后，我搬了一张凳子站在上面也在研究地图，结果我看到了云南红河的字样，过了红河就是越南了。

这个世纪70年代初，报纸广播一直在说一件大事：越南人民正在自己的国土上奋勇地抗击美国侵略者。我们不仅在道义上声援处在水深火热中的越南人民，从物质、军事上也在援助越南。那会儿，越南被我们称为祖国的南大门。那一阵子，许多有志青年集结在云南边境线上，他们要再当一次志愿军，像当年支援朝鲜一样，痛击美帝国主义。

二哥的信指明了他的去处，那几天，父亲变得不爱说话了，经常望着窗外发呆。军区已经和云南省军区取得了联系，云南省军区正全力寻找着二哥他们。

十几天之后，二哥他们回来了。他们是被军区保卫部派出的干部从昆明接回来的。他们没能越过红河，在红河一带就被云南省军区的巡逻队伍发现了，然后押送到昆明。十几天不见，二哥变得又黑又瘦，头发也变长了，掉下一绺挡在他的眼睛上，他唇上的绒毛变黑变粗了。二哥的眼神里写满了遗憾，一副壮志未酬的样子。

他们同行的十几个人，只有二狗子穿过了边境线，他成功地踏上了越南的领土。当二哥他们准备追随二狗子的脚步时，被巡逻的士兵发现，一举抓获，辗转地被送了回来。

那次，父亲并没有暴揍二哥，而是伸出手用力地捏了一下二哥的肩膀，二哥一脸挑衅地望着父亲。

父亲说：你想当英雄。

二哥不说话，挑着眼角看父亲。

父亲伸出手想拍一下二哥，手伸出去又停住，然后背在身后，转过身说：那你就去当兵吧。

二哥的眼角跳动了一下。

那年秋天，二哥去参军了。

半年后，终于有了二狗子的消息，是云南省军区派人把二狗子的骨灰盒送了回来。

原来二狗子成功进入越南之后，他成功地加入了越南游击队，在一次敌人的空袭中，他中了美国人扔下的子母弹，阵亡了。越南游击队的人把二狗子的遗体交给了中方。云南省军区火化了二狗子，只把一只骨灰盒送了回来。

军区机关破格地为二狗子开了一次追悼会，会上说二狗子是国际主义战士。那次追悼会，我记住了二狗子的大名，他叫李宏伟。很响亮的名字。

李宏伟的父母抱着儿子的骨灰盒哭得都快抽过去了。

遗憾的是，二哥正在部队当兵，没赶上李宏伟的追悼会。

李宏伟成了国际主义战士，他的故事在我们大院里一直传了好多年。

二哥当满三年兵后复员了，被分配到一家工厂当了工人。

二哥有一本在部队当兵时的影集，记得第一页上的照片，是二哥手握钢枪站在哨位上的照片，后面的照片，都是二哥和各种武器的合影，有的是大炮，有的是坦克。这些照片二哥没有一张是笑的，他总是一脸严肃地望着前方，目光中装满了渴望和期待。

二哥壮志未酬。

许多年过去了，二哥当兵时的影集他一直保存着，他经常会翻看影集，只有看影集时，他散淡的目光才又一次散发出青年时的英气。

人过中年的二哥，头发稀疏了，唇上的胡须总是剃得干干净净的。目光也变得平和，甚至浑浊和散乱。

每年“八一节”的时候，二哥总会和昔日的战友们聚一聚，喝几杯酒。酒后他们集体起立，粗门大嗓地吼一首歌：向前向前向前，我们的队伍向太阳……

这时的二哥他们，眼角晶亮，一曲未了，眼角都挂满了泪水。

那年冬天

小学五年级的那个冬天，东北下了一场大雪，一觉醒来，天地间白茫茫的一片，马路上的积雪已没过了膝盖，走在路上的人们像在跋山涉水。

雪后，北风又一连吹了三天，记忆中那个冬天奇冷。因为寒冷，我们这些学生中开始流行一种兔毛棉帽。棉帽是咖啡条绒做成的，兔毛很长也很软，戴在头上一定暖烘烘的。因为我还没有拥有那一顶兔皮帽，在我的想象里，那顶帽子一定很温暖。

我戴的帽子是二哥参军后留给我的，是剪绒做成的，二哥戴了三年后，他参军走了，这顶帽子就留给了我。剪绒就是人工做成的一种绒，很硬，也不够暖和。二哥留下的帽子，此时许多剪绒已经脱掉了，东秃一片西秃一块的，像只癞皮狗的毛。二哥的脑袋比我大一号，帽子戴在我头上，经常会遮住眼睛，头和帽子放在一起，显得稀里咣当的，很不严实。

许多同学在那年的冬天都拥有了兔毛棉帽，我非常羡慕那些同学，也非常希望自己也拥有一顶兔毛棉帽。

那场大雪之后，我父亲和母亲就出差下部队了。我父母都是军人，那场大雪无疑是一场灾难，于是父母双双下了部队去检查工作。

东北有许多部队，大都驻扎在深山老林里，那时党和国家正在备战备荒，国际国内的形势紧张得很，因此，我父母作为部队机关干部就要经常下部队去检查工作。好在下乡的二姐，在大雪之前从乡下回家探亲。二姐那年下乡，在一百公里外一个叫马家堡的农村，接受贫下中农再教育。

没过两天，坐在我前排座位上的朱革子居然也有了一顶兔毛棉帽。朱革子平时说话结结巴巴，我们同学在一起时，没有他说话的份儿，他还没等把话说出来，我们的话已经说完了，该干什么就干什么了，他只有听吆喝的份儿。就连老师上课也很少提问他，因为他每次站起来回答问题时，吭叽半天也说不明白问题，还引得同学们一片哄笑。后来老师也觉得让朱革子回答问题完全是在浪费时间，于是索性再也不把问题留给他了。朱革子就显得很落寞，上课时精力也不怎么集中，看看这碰碰那，一会儿趴下一会儿坐起来，显得躁动不安的样子。

朱革子一躁动，弄得坐在后排的我也很不安，我就抬起脚去踢朱革子坐的凳子。他回头瞄我，我就小声道：你消停一会儿。朱革子似乎有话要说，终于涨红了脸扭过头去，那节课，他终于显得很安静。

老师一宣布下课，我们这些人也像离弦的箭一样射出教室，操场上有许多好玩的东西，比如在冬天里打雪仗、堆雪人，还有几个秋千，荡来晃去的，那是女生的专利，我们男生从来不碰那玩意儿。朱革子嘴笨人也笨，挓挲着手跟在我们后面，我们都玩半天了，他还找不到玩的机会，急得只剩下呼哧呼哧地喘气，他的气还没喘匀，上课铃声就响了，朱革子心有不甘地又坐到了座位上，焦灼地晃动着身子，我就左一脚右一脚地踹他屁股下的凳子，朱革子就安静下来。

吃屎都赶不上热乎气的朱革子居然也有了一顶兔毛棉帽，他也成了流行中的一员。朱革子的头是长方形的，不知什么缘故，他后脑勺总有一撮不听话的头发呲起来，就像《林海雪原》那本小说里那个土匪一撮毛一样。

自从朱革子有了顶那年冬天流行的兔毛棉帽，我怎么看朱革子的脑袋都不舒服，越看那个长方形脑袋越不配。有一次上课时，我又踹了一脚朱革子屁股下的凳子，他回过头看我。我小声但不容置疑地说：把你的帽子给我。他露出诧异和不可思议的眼神，我又说了句：快点！

朱革子无奈又不情愿地从课桌上拿过帽子递给了我。我把朱革子的帽子放在腿上，抚摸着那顶兔毛棉帽，兔子毛很柔软，更温暖，手放在上面都不想离开，这么温暖舒适的帽子怎么就会戴在朱革子的头上呢？他头上那撮毛让我越看越生气，我一手拿着朱革子的帽子，一手拿削铅笔的小刀，一下下划着朱革子的帽子，仿佛划的不是帽子，而是朱革子那个方头，划一下解气一些。不知过了多久，下课铃声响了，同学们又箭一样射出教室，我把朱革子的帽子扣在他的方头上，也奋不顾身地冲了出去。我们正在打雪仗，热火朝天的样子，奋不顾身英勇无比的精神让我们热血沸腾。正当我全身心地进行反击时，我身后突然爆发出朱革子的哭声，这声嘹亮的哭，让我们所有人都定格下来，我回过头，朱革子光着头，头上那撮不听话的头发随风飘舞，他手里攥着兔毛棉帽，此时，帽子的皮毛已经飞扬起来，成了条状，若干条皮毛在风中挓挲开来，像拖布头。朱革子的一张脸乌青，眼泪像羊屎蛋一样纷纷跌落下来。

一瞬间我也傻了，没想到经过一节课的发泄，朱革子的帽子竟变成了如此模样。我首先想到了后果，马上又把这顶帽子扣在朱革子的头上，并威胁他说：不许哭，也不许告诉老师。

因为自从张棉远打小报告事件被整蛊后，的确没人再打小报告了。朱革子看着我，戴着帽子，风吹起一片一缕的兔毛正迎风飞舞，此时的朱革子很像一名打了败仗的日本兵。我忍不住笑了，同学们也笑，唯有朱革子不笑，他哭得就像死了爹娘一样。我不耐烦地说：行了，哭一会儿就得了，别没完没了啊。

我转过头又向同学用雪球发动了进攻，朱革子转身回了教室。他的舅舅张棉远跟在他的身后，两人都低着头，像霜打的茄子一样。

那天，剩下的几节课时间里，朱革子一直在我眼前抽抽搭搭的，我怕老师发现，就一遍遍去踹他的凳子，踹一脚好一会儿，过一会儿他又抽搭开了，弄得我开始烦躁起来。

好不容易挨到了放学，我不想看到朱革子死了爹娘的样子，下课铃声一响，率先冲出门去，一个人在前面走了。

晚上，我一直躲在屋里看连环画，讲述两个小八路的故事，这本连环画是姐姐从乡下回来买给我的，画面是彩色的，讲述两个小八路如何机智勇敢地打日本人的故事。门铃响了，姐姐去开的门。家里经常来人，都是大人招待，说会儿话就走了。没想到的是，我居然又听到了朱革子的哭声。我推开门，果然看见了朱革子，随朱革子而来的，还有他那个长得方头大脸的妈，后面跟着张棉远，此时，他一见我就把头低了下去，身子却戳在那儿。朱革子妈一手牵着朱革子，一手拿着那顶破烂不堪的帽子在向我姐告状，他妈说：这就是你们家老三干的好事。老三说的就是我，我有两个哥哥，排行老三，人们都叫我老三。

姐姐回头看我，我不怕我姐，但怕我爸，如果我爸在家，遇到这事，肯定不分青红皂白一脚飞踹过来，或者抡起皮带暴揍我一顿。以前在外面闯了祸，我都先不敢回家，要在门外侦察一番，如果没人告状平安无事，我才敢回家，要是发现有人告状，我肯定不再回家了。有时会在外面游荡一晚上，直到妈妈或姐姐，有时也会全家人出动，打着手电，高一声低一声地喊我的名字，我才会从某个黑暗角落里走出来。

这几天爸妈都不在，我就把这事给忘了，此时，我盯着朱革子满眼怒火，张棉远一直不抬头，可以忽略不计了。我在心里一遍遍地咒骂道：朱革子，你这个叛徒，有你好瞧的。

朱革子不敢和我对视，用目光望着自己的脚尖，仍然在抽抽搭搭地哭，弄得身子一耸一耸的。

姐姐回过头严厉地问我：老三，这是不是你干的？

我只能低下头。

姐姐从兜里拿出钱包，找出三块五角钱，递给朱革子他妈，说了许多对不起。那年流行的兔毛棉帽，价格就是三块五，许多年过去了，我仍然记忆犹新。因为，在那一年，姐姐赔了人家三块五毛钱。

朱革子的妈牵着朱革子走了，姐姐才说：为什么要破坏人家的帽子？

我小声地说：因为他有，我没有。

姐姐把手放在我的头上，什么也没说。

第二天，姐姐为我买了一顶兔毛棉帽，在那个冬天我也拥有了一顶流行的兔毛帽子。

我一看见朱革子戴兔毛帽子就生气，那是姐姐花钱赔给他的，放学路上我又截住朱革子，命令他把帽子摘下来，不许他戴上。他就一路夹着帽子，用双手捂着耳朵，北风吹得他的耳朵一定很疼，他一路都在龇牙咧嘴。要分手时，我站在朱革子面前，说道：以后还告不告家长了？

他的脸和耳朵已经青紫了，瓢着嘴酝酿了半天，说：不不不不不了。

我狠狠地踹了一脚朱革子，转身走了。

从那以后不知为什么，朱革子没有戴那顶兔毛帽子，又戴上了旧帽子。头上那一撮毛呲得越发显眼。

女孩郑小西

同学郑小冬的姐姐在高二那一年，猛不丁地就漂亮起来了。

郑小冬的姐姐叫郑小西，说她漂亮是在我们眼里变漂亮了，那一年我们上初二，我真切地看到张棉远和朱革子这爷儿俩上嘴唇已经长出了一层绒毛。这一发现吓了我一跳，我跑回家，用肥皂使劲搓了几回脸，找到一面镜子观察自己，结果发现自己的嘴唇上方也长出了一层细细的绒毛。

从那天开始，我发现自己变了，骨头节咯咯作响，一双眼睛再看这个世界时，什么都变小了。就在那年，一夜之间，我们发现郑小冬的姐姐郑小西很漂亮。

郑小西一张圆脸，眼睛很黑，梳短发，一双健美的腿饱满而有力。郑小西是我们校队的短跑运动员，每次开运动会，女生中的短跑冠军都让她一个人包揽了。郑小西因为冠军得的多，在我们学校里很著名。

郑小西不仅跑得快还漂亮，自从发现郑小西这些优点后，我们便开始在郑小西面前晃悠。比如，放学时，我们骑自行车快速地超越郑小西，然后耍杂技般地在自行车上做出各种动作；还有，只要一发现郑小西，我们就开始大声地讲笑话，偶尔穿了件新衣服也要在郑小西面前显摆一下。总之，我们想到了各种办法就是为了能够吸引郑小西多看我们一眼，但结果郑小西一眼也不看我们。

郑小西穿灰色运动衣裤、白色球鞋，经常把袖子撸到肘部，不论是上学还是放学路上，她一直在奔跑。郑小西矫健奔跑的身影给我们留下了深刻的印象，她就像一只梅花鹿奔腾跳跃。

她弟弟郑小冬说，他姐姐要考市体校。考上市体校就是半个专业运动员了，不用下乡，只负责比赛，体校对这些运动员管吃管住还有一定补助。

郑小西目标明确，有的放矢。在我们眼里，她总是一路在奔跑，美好的身姿在我们眼里进进出出，忙得连正眼看我们的时间都没有。

为了让郑小西多看我们一眼，我们想出了各种招数，都不见效。我突然想到了整蛊郑小冬。郑小冬是郑小西的弟弟，郑小冬不舒服他姐肯定会管，只要她出面，就得和我们说话。这么想过之后，那天放学我冲郑小冬说：放学你坐我自行车，我带你。

郑小冬没有自行车，上学放学他只能走来走去。他经常赖着脸皮央求我们带他。我们没人带他，他就一脸讪然。我主动说出要用自行车带他，郑小冬一张脸都红润起来了。

放学时，他一猛子坐到了我车后座上，弄得我自行车往前一冲又一冲。我一路疯骑，激动得郑小冬哇哇大叫。快到郑小冬家门口了，我在胡同口停下车，郑小冬恋恋不舍地跳下来，我一条腿点地，一条腿仍骑在车梁上，冲郑小冬说：一会儿你姐到家，你把你姐叫出来。

郑小冬不解地问：找她干啥？

我说：有事！

郑小冬看我一眼，没点头也没摇头，转身就往胡同里跑，书包打在他的屁股上，上下翻飞。

我躲在一旁一直看着郑小西走进了胡同，可是她过了好久也没出来，郑小冬也没了踪影。我踹一脚自行车后轮，一溜烟回家了。

第二天，郑小冬一直不敢看我，我一看他，他就把头低下去。我招呼了张棉远和朱革子等人，放学我们一路走，就在郑小冬家门口那条胡同里截住了郑小冬。郑小冬一看到我们，想撒腿跑，朱革子一下子拽住了他的脖领子，我上去就踢了他一脚。

我说：郑小冬你骗人。

郑小冬不说话，大口地喘气，脸都白了。

朱革子放开郑小冬的衣领，结结巴巴地说：你、你……你姐姐，有啥了不起，叫、叫她怎么了？

我把朱革子扒拉开，站在郑小冬面前，伸手打了他一个耳光。

张棉远和朱革子见我动手了，也过来象征性地踢了两脚郑小冬。

我白了他俩两眼，他们爷儿俩惭愧地把头低下去。

我冲郑小冬说：你姐回来告诉她，我把你揍了。

说完我又踢了一脚郑小冬的肚子。他一弯腰，装着要蹲下去，身子刚蹲了一半，他就像兔子一样往前一蹦，撒腿就跑，书包在他屁股上叽里咣啷的。

我以为欺负了郑小冬就会引起他姐姐的注意，甚至会来找我算账，结果什么也没发生。我就用眼睛去找郑小冬，郑小冬又把头低下去，冲着裤裆算账。

“五一节”之后，天气暖和了，我们最后一节课是自由活动时间，学校操场上活跃着一批像郑小冬姐姐一样的体育爱好者，当然，郑小西也在其中。她像小鹿一样，在操场上跑来跑去，还不停地冲刺。奔跑一阵，她就躲在一边在一个双杠上压腿，她能把自己的脚放到双杠上去，身子一弯一弯地往前够着，她的身姿就无比的曼妙。

我和张棉远、朱革子几个人坐在操场边的椅子上看着郑小西。我从上衣口袋里掏出那支“英雄”牌钢笔冲张棉远和朱革子说：你们谁能过去和郑小西说句话，只要她搭话，我这支笔就送给他。

这支笔是我上初二那年，姐姐给我买的，在我们同学中，还没有人用过“英雄”牌钢笔，我们班主任贾老师看过我的笔，他拿在手里左看右瞅之后说：这是好笔。在那一阵子里，我为拥有“英雄”牌钢笔而自豪。听说我们校长也有一支“英雄”牌钢笔，但我们没看过。

张棉远和朱革子听我这么说，脸红一阵白一阵的，两人搓着手，望着我手中的笔四目放光。

我又摇了一下手中的笔，说：只要郑小西说话，我立马就给。

张棉远舔了舔嘴唇，一颤一颤地向郑小西走去。

郑小西正在压腿，压完左腿又压右腿，张棉远走到郑小西近前，回头看了我们一眼，又转过头去说：郑小西，你干啥呢？

郑小西扭过头去，连正眼看都没看张棉远一眼，该干啥还干啥。

张棉远又回头望了我们一眼。张棉远就又再接再厉地说：郑小西，你别把自己当回事，说句话咋的了。

这次郑小西不仅没有理张棉远，还收回腿，拿起搭在双杠上的外衣向另外一边走去。受挫的张棉远红头涨脸地走回来，干干巴巴地说：这郑小西太不像话了。

朱革子站起来，望了眼我手中的笔，又回头望了眼走远的郑小西道：我、我、我去……

说完就吊着肚子，躬着腰向郑小西走过去。朱革子一点点在接近郑小西，他一直没回头看我们，终于他站到了郑小西面前。郑小西站在夕阳西下的操场上，在左右活动腰肢。

朱革子先是仰起脸冲郑小西不知结巴了句什么，还蹲下身，伸出手去摸了摸郑小西的白球鞋。这才站起来，又冲郑小西说了句什么，郑小西和他说话了，还拍了拍他的肩膀。朱革子很温顺地点了点头，然后就吊着肚子快步地跑过来。他站在我面前呼哧带喘地说：郑、郑……郑小西和、和、和我说话了……

然后他伸出手来要抓我手里的笔。我收起笔问张棉远：朱革子说话我们看见了，郑小西和他说了吗？

张棉远望着朱革子，又虚虚地看着我说：说了，真说了，石钟山你说话要算话……

的的确确郑小西和朱革子说了话，她还拍了朱革子的肩。我又从身后拿出笔，晃了一下道：朱革子，郑小西和你说什么了？

朱革子说：我、我……我说、说石钟山让我来、来……来和你说话。

我站起来盯着他眼睛问：那她说什么了？

朱革子说：她、她……她说、说，她、她知道了，让、让我回来……

我的目光越过朱革子的肩膀去望郑小西，郑小西已经走了。

朱革子从我手里抓过笔，一溜烟地走了。张棉远也走了。那一刻，我脑子开始晕晕乎乎的。

从那以后，不知为什么，郑小西在我心里别样起来。也就是从那次开始，我没再欺负过郑小冬，虽然损失了一支钢笔，但我内心里一直很感激朱革子。不论在哪儿，只要一看到郑小西，我都觉得她在默默地看着我，浑身就有一种莫名的兴奋和冲动。

不久，郑小西终于如愿地考上了体校，从此，我们很难再见到郑小西了。市体校是我经常光顾的地方，那里有个专业运动场，有四百米专业跑道，还有一些看似很专业的器材。我经常隔着铁栏杆看郑小西训练。每次来总是偷偷摸摸的，生怕郑小西看见我。

我高中毕业那年，突然听说郑小西出事了，让人家泼了硫酸，被毁容了。这件事我是从郑小冬嘴里听说的，有个冰球队的运动员喜欢郑小西，郑小西不同意，那个冰球运动员就把硫酸泼到了郑小西的脸上。

从那以后，我看见过几次郑小冬搀着郑小西去医院检查换药，郑小西的头上脸上缠满了纱布，她低着头在郑小冬的搀扶下匆匆地去，又匆匆地回了。

又过了一阵子，郑小西脸上的纱布不见了，只要我们见到她，不管是什么季节，她的头上都会裹着一条纱巾，有点像中东的妇女。

后来，我们高中毕业，各奔东西，但郑小西的名字和她梅花鹿般的身影不时地在我的脑海里活跃。在这期间，郑小冬来信说：他姐姐嫁人了，嫁给了一个工厂烧锅炉的离异中年人。听到这个消息，我心里疼了好一阵子。我更加恨那个泼硫酸的男人了。

硫酸事件发生后，我们从法院的公告栏里看到过那小子被判刑的布告。我从此也记住了那小子的名字：马深。这个该死的马深被判了十年徒刑。

也就是十年后，我们同学聚会，朱革子那天喝了点酒，十年后的朱革子人胖了一些，肚子不再吊吊了。他伸出手搭着我肩膀说：石钟山你知、知……知道……道那……那天我……我和郑小西说了什么吗？

我没说话，望着朱革子。

朱革子拍拍我的肩膀说：我、我……我先……先说，姐，你好，我……我是郑小冬的同学。

我望着朱革子。

朱革子又说：她、她冲我笑了一下。我、我……我又说，姐，你的球鞋真、真……真好看。我……我就蹲下身摸了她的球……球鞋。

我说：那她对你又说什么了？

朱革子笑了，笑得呵呵的，张棉远低下头想笑又不好意思笑那种。

我说：朱革子你快说！

朱革子就说：她……她拍了我肩膀冲……冲我……我说，你别和石钟山学坏了。我……我说，嗯哪姐……

我看着朱革子一张坏笑的脸，恨不能再抽他一个嘴巴子。

虽然知道了当年事情的真相，十几年的时光过去了，可我还是忍不住想起那个健美阳光又孤傲的郑小西。一想起她嫁给烧锅炉的离异男人，我的心里就怪怪的，有一股说不清的滋味在心里弥漫。有时我做梦都想，如果郑小西不被那个男人泼硫酸，她以后的生活又会怎样？

林小兵与军区礼堂

军区大院一共有两个礼堂，一个大礼堂还有一个小礼堂。

大礼堂用于军人集会或者放映电影，集会和我们没有关系，每周的两次电影是我们这些十来岁的孩子重大的节日，虽然播来放去的都是些老掉牙的电影，但我们仍然乐此不疲地走进电影院。开场前台上台下便成了我们捉迷藏或抓特务游戏的最好场地，每次放电影，没有多少大人来看，大都是我们这些半大孩子，有几个执勤的战士，为了维护秩序，台上台下地轰我们，我们把躲避执勤战士也当成了一种游戏。每周的这两次电影，是我们最开心的时候。

电影都是一些老电影，去年放了，今年又放，或者是上个月刚放过，这个月又拿出来播放了，我们不仅熟悉了电影里的故事，许多台词我们也能倒背如流。比如《地道战》里鬼子说的一句台词：各村都有各村的高招。还有《英雄儿女》中，王成的那一句：向我开炮……虽然我们看了这些电影无数遍，每次看还是热血澎湃，在童年，战争片是我们的最爱。

有一次电影散场，我们走出大礼堂，站在操场上，林小兵对我们说：这电影太老了，一点都不好玩。

我们没说话，表示对他这句话的认可。

林小兵又说：你们想不想看内参电影？

“内参电影”这个词我们听说过，知道小礼堂里会经常放内参电影。小礼堂不同于大礼堂，那是专门为军职以上干部设立的礼堂，每逢过年过节时，军区文工团那些演员会在小礼堂演出，隔三岔五地会放一些外国片子供那些军职干部内部观看，后来，我们就把那些高级干部才能看到的片子，称为内参片。这事我们知道，但谁也没看过。于是，我们就大眼瞪小眼地望着林小兵，林小兵就又说：上周我哥带我去看了一次内参电影，电影老好了。

我们知道林小兵的哥哥叫林大兵，现在正读高二。林大兵很少说话，不苟言笑，非常能打架，有一次我们看见林大兵和院外的几个孩子打架，那几个人一起把他围住，拳脚相加，林大兵退到一个墙角，一扭身从腰后抽出一把寒光闪闪的军刺。军刺在手，林大兵开始反击，那几个院外的孩子一见军刺，不战而败，转眼就跑得没影了。

林大兵是我们的偶像，他永远是冷冷的、酷酷的，很少和我们说话，我们受到了院外孩子的欺负，只要找到林大兵，他二话不说，一定替我们出头，打得欺负我们的孩子落花流水。在我们的心里，我们忠心热爱林大兵。

林大兵能看到内参电影我们并不感到奇怪，林小兵也说看过内参电影，我们一起表示怀疑，追问他内参电影长得啥样。林小兵坚定地说：里面有亲嘴的镜头。然后林小兵又告诉我们，小礼堂有扇窗户是活的，电影开映前可以从那里偷偷钻进去。上次他哥哥带他就是从那扇窗子钻进去的。

从那以后我们经过小礼堂时，都会想起林小兵的话：内参电影里有亲嘴的镜头。我们又想，怪不得那些老头子都爱看内参电影，我们小孩子看不到内参电影，只能看“向我开炮”的战争片，一想到这种差异，我们心里就酸溜溜的了。

一天傍晚，我们几个同学在操场上正玩抓特务的游戏，林小兵来了，他神秘地说：今晚有内参电影，你们想不想看？我们当然想看，林小兵就把我们领到小礼堂外的一扇窗子前。果然，那扇窗子是活的，我们依次钻了进去。这扇窗子是小礼堂舞台后的一扇窗子，我们进去后，一下子来到了后台。林小兵领着我们，就像鬼子进村一样，偷偷又贼眉鼠眼地钻到舞台的侧幕里，每次放电影，帷幕都是拉开的，堆在舞台两侧，这正好成了我们隐身之地。我们钻进帷幕里，有的蹲着，有的趴着。

小礼堂内几盏灯亮着，放映员在调试机器，强光打在舞台中央的银幕上，雪亮雪亮的。我们这才发现，小礼堂和大礼堂果然不一样，这里面的座椅都是沙发，沙发前还有茶几，一个女兵提着暖瓶正在往茶几上的茶杯里倒水，水声欢快，一定是滚开的水。

有秘书或警卫员搀着颤颤巍巍的老首长走进来，扶着老首长坐好，老首长头发花白，戴着眼镜，却面色红润，有的还拄着拐杖，铿锵有力地把拐杖放到沙发旁。他们互相打着招呼，询问血压啥的。这都是一些退休的老首长了，他们没有领章和帽徽了，只有一身军装。后来我们一直不明白，这么大岁数的老首长，为什么爱看内参电影。

不一会儿，几个戴领章帽徽的首长走进来了，他们年轻，不用人搀扶，走在地上，腾腾作响。我认出来了，有孙副司令，还有李副政委，几个真正的首长一落座，小剧场里的灯光立马就黑了。电影随后开演了。

所谓的内参电影，其实一点儿也不好看，黑白片，都是大鼻子卷头发的男人或女人，虽然是译制片，讲的也是中国话，可他们说的话，我们却听不懂，像背书一样。因为我们是躲在侧幕里，要把头抬得很高才能看清画面，银幕离我们又近，电影里走来走去的人，弄得我们头都发晕，林小兵所说的亲嘴的镜头根本就没有出现，我们觉得上当了，于是，我们把林小兵的耳朵提过来说：你骗人。林小兵摆了下手不耐烦地说：还没到呢，急什么，不想看你们出去。于是，我们又耐着性子伸长脖子等着那些镜头出现。

王大旺趴在地上，头一点一点的，他终于失去了耐心，都快睡着了，正在这时，林小兵踹了王大旺一脚，王大旺抬起头来，电影里果然出现了一对男女在亲嘴。此时小剧场里极其安静，王大旺在迷糊中，突然抬头看到这一幕，他一定是忘记自己身在何处了。他突然大叫了一声。

这一声大叫暴露了我们，电影立马停止了播放，随即整个剧场的灯都亮了起来，几个执勤的士兵把我们从幕后提拎了出来，捉住我们的后衣领子把我们从小剧场正门的台阶上推了下去，我们屁滚尿流地逃离了小剧场。

有了那一次在小剧场看所谓内参电影的经历，我们一致认为内参电影一点也不好看，看了头晕不说，还恶心，两个嘴巴子在一起啃来咬去的一点也不美好。我们把接吻称为口水战。

林小兵并不赞成我们的观点，他很鄙视地对我们说：你们不懂。他说这话时，仿佛他是那些老首长，我们不懂就他懂。我们不想和林小兵掰扯这些，我们照样看我们喜欢的已经看了无数遍的战争片。

林小兵很少和我们看这些片子，后来小剧场那扇窗子被钉死了，林小兵也看不到内参电影了，于是他就看一些有亲嘴场面的书。他书包里永远有一本我们看不懂的书，他说是外国人写的。我们不喜欢大鼻子又卷毛的外国人，对林小兵的做法百思不得其解。

林小兵看过内参电影，又看过大鼻子的外国书，果然就和我们不太一样了，他经常一个人发呆，有时冲一片树叶或一枝枯萎的花做出一副多愁善感的样子。他的样子我们很不喜欢，从那以后，我们很少和林小兵一起玩了。他有他的世界，我们有我们的游戏。

在上初二那一年，我们听说林小兵出事了，他出事过了几天之后，我们才知道。因为那几天，他一直没来上学，后来我们打听才知道他出事了。出事的原因是偷看女厕所被人发现了，派出所的人还把他带走了。

上初二的我们，觉得一个男人偷看女厕所是一件非常丢人的事情，甚至没脸见人。于是林小兵偷看女厕所的事就在我们班级以及整个学校里传开了。不认识林小兵的人向我们打听谁是林小兵。因为林小兵一直没来上学，我们没法指认。

过了许久，林小兵也没到学校上学。

后来我们听说，自从发生那件事情之后，林小兵爸爸把他送到老家上学去了，他的学籍也被迁走了。从那以后，林小兵淡出了我们的视野。但林小兵的事件却没有泯灭，我们偶尔会想起偷看女厕所这件事，心里就怪怪的。

一晃我们高中毕业，有人参军了，有人下乡了，还有人工作了，林小兵仍没出现在我们的视野里，他的哥哥林大兵我们倒是经常能看到。林大兵穿喇叭裤，戴墨镜，头发烫成了卷，很高傲地在我们视线里出来进去。我们试图在林大兵嘴里打听林小兵的近况，林大兵只是用鼻子哼一哼，算是对我们的回答。人家不爱说，我们也懒得问了。

又过了一两年，我突然接到林小兵的电话，他在电话那头说：

我是林小兵啊，今晚有空聚一聚，好久没见了。然后说出时间、地点，他并不想和我啰唆，“咔嚓”一声挂断电话。林小兵请客，这么多年没见面了，仿佛他从地底下钻了出来。因为林小兵的神秘，我们太想知道林小兵这些年是怎么过来的，所以那天我们都早早到了那家饭店。这是一家五星级的饭店，在二楼餐厅的某个包间内，我们当年偷看内参电影的那几个同学都到了，唯独没见林小兵。千呼万唤之后，林小兵终于出现在我们的眼前——花格子衬衣，喇叭裤，头发很长，手里提着“大哥大”手持电话，一进门便把手持电话往桌子上一蹾，热情地和我们每个人拥抱。

我们的询问也铺天盖地向他砸了过去，他并不答，只是说：咱们边吃边聊。后来我们一边喝酒，一边了解到林小兵这些年的生活轨迹。

他在老家读完高中，便下海经商了，到南方倒腾电子表、牛仔裤、蛤蟆镜的活他也全干过，后来发了，现在开了几家服装商店，正做得风生水起。那天晚上，我们都喝了许多酒，脸红脖子粗地又说了许多话，唯独没有说女厕所那件事，我们知道，林小兵忌讳这件事，打人不能打脸呢。

那天晚上，我们从饭店走出来，林小兵又建议换个地方，不征求我们的意见，便把我们带到了一个卡拉 OK 歌厅。他似乎对这里的一切很熟，不少漂亮女孩子见了他，都林哥长林哥短地叫，他也不理，冲一个妈咪说：今晚来的是我最好的哥们，给我安排好。妈咪诺诺地出去，不一会儿带进来一群姑娘，这些姑娘穿着暴露，妖娆地站在我们面前，大胆又迫切地望着我们，弄得我们都不敢和她们对视。林小兵见我们不说话且扭捏的样子，干脆也不征求我们意见了，手指着那些姑娘，说：你、你、你，还有你、你、你留下，其他的走人。

那天晚上，林小兵给我们一人安排了一个姑娘，那些姑娘一坐下便把身子投进我们的怀里，仿佛身上没长骨头，弄得我们越发扭捏，此时脸上比喝了一斤白酒还要红。

林小兵轻车熟路的样子，左抱一个右搂一个，一双手在姑娘的短裙下摸来荡去，并不时地把姑娘的屁股拍得啪啪作响，那些姑娘一副很受用的样子。林小兵哈哈笑着，把嘴凑到姑娘面前，和她们啵啵地接吻，惹得姑娘们也一片嬉笑。

林小兵又要来了红酒和洋酒，不停地和我们碰杯，他一手揽着姑娘的腰一手举着酒杯，干了一杯又一杯。然后他就说：这算个屁呀，是不是？

我们不知他的所指，一边笑一边说：是，是！

他把手伸到一个姑娘的怀里狠狠地搅了两下，姑娘就笑着说：林老板真坏！嘴上虽说坏，身子却大面积地贴过来，几乎吊在林小兵的身上了。

林小兵喝多了，酒杯从他手里跌落下去，他红着眼睛冲我们说：当年那点小事，弄得我人不人鬼不鬼的，我活得压抑呀。

我们都过去用力地拍林小兵的背，以示安慰和理解。

林小兵哭了，样子难过而又伤心。哭了一阵又哭了一阵，还没忘记劝我们喝酒，他一口又把半杯酒干了下去，然后摔了杯子反复说一句：那事算个屁呀，是不是？

我们点头。

林小兵拉过一个姑娘狠狠地在她嘴上亲了一口，发出很响的啵声。

从那以后，林小兵经常请我们聚会，每次聚会都会叫来一群姑娘，然后就喝醉了。每次喝醉，他都会一遍遍地说：那事算个屁呀，是不是？

看来林小兵还没走出当年厕所事件的阴影，他嘴上说算个屁，他内心真把那件事当个屁了。每次看到林小兵这样，我们心里都很难过。

我们一起祝愿，厕所事件真像一个屁一样在林小兵的肚子里放掉。

林大兵与露天电影

1967 年中国发生了许多大事，在我们的记忆里，有两件事不可磨灭，一件事是唐山大地震，接着东北海城又发生了一场地震。那一段时间，关于地震的谣言漫天飞舞。

我们的楼房不能住了，响应政府号召家家户户建起了防震棚，一时间整个操场，马路边，到处都是临时搭建的防震棚，以家为单位，一溜溜的防震棚杂乱而又壮观。

那是我们最开心的日子，这种类似于群居似的生活，让我们的天性大开。十几个二十几个孩子纠集在一起，在地震棚的缝隙里跑闹，玩抓特务、藏猫猫的游戏，我们仿佛置身在迷宫之中。

那会儿军区机关，为了丰富群众的文化生活，几乎每天晚上都要放露天电影，在操场一隅，挤出一块地方。电影队的人挖空心思，把许多老电影拷贝都拿出来播放，有时一晚上就能播放两三部片子。《上甘岭》《渡江侦察记》《小兵张嘎》《奇袭白虎团》……这些老片子我们已经看过无数遍了，电影还没开场，我们就能说出一段又一段的经典台词，但每天晚上的电影还是让许多人聚集起来，银幕不分前后，凡是能站得住人的地方，都聚集着人群。长夜漫漫，老电影让我们打发着时间。

我们这群孩子，自然注意力不在电影上，而是喜欢人们聚起来的这种氛围，许多人聚在一起，像一个大家庭一样。那段时间的确这样，每天晚上，一家炒两个菜，几家的炒菜放到一起，几家人围坐在一起吃饭，男家长们坐在地上喝酒，女家长们说一些闲话，孩子们很快吃完饭，一抹嘴疯玩去了。

电影开演时，我们更为活跃，穿梭于人群之中，电影的光线一会儿明一会儿暗，我们也就在这阴暗之中疯跑着。

有一天晚上，我们惊奇地发现，高中毕业的林大兵先是钻进了树林，不一会儿，文工团的杜鹃也走进了树林。杜鹃比林大兵高一届，上初中时她就拉二胡，那时我们还上小学一年级，杜鹃的二胡已经拉得有模有样了，她拉出的二胡，一会儿高兴，一会儿又忧伤，弄得我们心里也跟着阴晴雨雪的。那几年杜鹃只要一回到家就拉二胡，二胡声声入耳，我们的童年是在杜鹃的二胡声中度过的。后来高中毕业，杜鹃就考入了军区文工团，当了一名二胡演员。穿上军装的杜鹃一下子长大了，似乎也变漂亮了。我们再也听不见她的二胡声了，她的二胡留给了演出现场，那会儿的文工团经常下到部队里面去演出，杜鹃的二胡便留给了官兵。只有到周末时，我们才会偶尔看到亭亭玉立的杜鹃穿着军装回家，她的皮鞋敲击着水泥地，发出笃笃的响声，然后一阵风似的在我们身边刮过去，美丽又高傲的杜鹃只把一缕香气留在空气中，让我们啧啧连连。杜鹃很高傲，从来不正眼看我们这群小破孩。

那天晚上高傲又美丽的杜鹃却追进黑咕隆咚的小树林里，这引起了我们的好奇。我们一群小破孩，像侦察兵一样迅速潜入到树林里，果然发现了情况。我们看见杜鹃倚在一棵树上，林大兵站在她面前，两人相距很近，林子外透过的光，让两人变成了一对剪影。

远处露天电影仍在放着，不时地传来爆炸声和喊杀声。在电影声音的干扰下，我们听不见两人在说什么。两人说了一气，又说了一气，我们潜伏在潮湿的草地上，都有些忍无可忍了。突然看到，林大兵开始行动了，他的身子抵在杜鹃胸前，用手抱住杜鹃的身子，杜鹃起初在推拒扭动，后来就不动了，她的手也伸到了林大兵的后背上，两人死死勒裹住对方，仿佛是一对仇人，恨不能置对方于死地。后来他们的嘴就碰到了一起，他们的牙齿似乎磕碰到了一起，发出骨头撞击的声音。

看过内参电影的我们，对亲嘴已经不稀奇了，这次王大旺没有尖叫出声。我们都屏息静气地观察着两人下一步的行动，可惜，两人就是那一种姿势，他们似乎经过一番搏斗很累了，都在大口地喘息着，像两条蹦到岸上，即将干死的鱼。两人就那么抱着，呼吸声一会儿轻一会儿重。那天，我们没等来新节目，电影就演完了，我们的妈妈们开始大呼小叫地喊我们回家睡觉。我们看到林大兵和杜鹃分开了，整理一下自己的衣服，一前一后走出小树林。

这一幕看得我们心里痒痒的，有像老鼠一样的东西在身体里乱窜，却找不到出口。我们都觉得看杜鹃和林大兵的演出很过瘾，比内参片好看多了。

从那以后，我们就开始观察林大兵的一举一动，因为找到林大兵就能发现杜鹃。那一段时间里，林大兵和杜鹃频繁地在放露天电影时约会，地点就是操场北侧的小树林里，暗中观看两人的恋爱，成了我们的一件非常快乐好玩的事。

有一天，我们看见林大兵终于有新动作了，他的手顺着杜鹃的衣服下摆伸到了杜鹃的身体里，两人又像干死的鱼，那么难受地喘息着，“嘎嘣”一声，林大兵把杜鹃的内衣似乎扯开了，杜鹃发出了一声低叫，林大兵用嘴把杜鹃的嘴堵上了。他的手移到了杜鹃的胸前，杜鹃又发出了一声呻吟，那样子似乎很难受也很痛苦，林大兵也叫了一声，两人一下子顺着树倒在了地上。

突然，不知谁在树林里大喊了一声：地震了……

我们一跃从潜伏地点爬起来，一边呼喊着地震，一边向操场上跑去。操场上那些看电影的人也听到地震的喊声，然后也呼喊着四散着跑去，一下子乱了窝。

过了一会儿，人们安静下来，电影已经停止了播放，人们醒过神来，发现并没有发生地震，这才明白是一群孩子在捣乱。我们在大人的斥责声中四散着跑开了。

我们又想起树林里双双摔倒的林大兵和杜鹃，当我们回到树林里时，那里早就没有两个人的影子了，只看到草地上压倒的一片青草。我们都有些遗憾，想揪出刚才喊地震的人，如果没有那一声喊，也许两人的电影我们还可以继续看下去，因为那声喊，最好看的电影戛然而止了。

最后王大旺承认那声地震是他喊的，原因是他看到两人突然倒下去了，震得地面都发抖了，他以为肯定地震了，不然好端端的两个人怎么会突然倒下呢。那天我们揪了王大旺的耳朵骂他是猪，才算作罢。

后来露天电影仍在播放，地震继续防。可我们再也没见过林大兵和杜鹃的身影，我们失去了最精彩的游戏，有些落寞和忧伤。后来我们又都搬回到楼上各自家里，露天电影也不再播放了。那年夏天也就结束了。

再后来，我们差不多把那年夏天的事都忘记了，突然又得知杜鹃结婚了，新郎却不是林大兵，而是机关的一名文化干事，这个干事的父亲是我们军区的副政委。

我们不明白杜鹃后来为什么没嫁给林大兵。林大兵在杜鹃结婚后，突然消失在我们的视线里。

杜鹃结婚后便搬到军区副政委家那栋小楼里，上班下班，似乎波澜不惊的样子。

直到我们高中毕业，林大兵又出现了，他已经二十大几了，仍没结婚，穿喇叭裤戴蛤蟆镜，头发很长，烫了卷，经常在我们面前一甩一甩的。他很少说话，仍一副我行我素的样子。

再后来，我们又听说，林大兵和他弟弟林小兵合伙做生意，很快有了钱，最后还买了一辆二手日产汽车。

据我所知，林大兵是我们院里第一个有汽车的人。他的车里会经常有各式女人坐进去，又走出来，都是一些很漂亮很时髦的女人。但他却一直没有结婚。

防空洞里的爱情

上小学二年级时，我们军区大院里发生了一件大事。

郑小菊的姐姐和王大旺的哥哥失踪了。我们得到这个消息时，正是放暑假的日子，开了学我们就要升入三年级了。那一年，郑小菊的姐姐和王大旺的哥哥已经高中毕业了，高中毕业后，他们将面临三种选择：一是上山下乡，接受贫下中农再教育；第二种就是留城当工人；当然还有第三种，就是入伍当兵。以前军区大院子弟高中毕业，大体就是这三种选择。

结果郑小菊的姐姐和王大旺的哥哥，这三种选择哪种也没选，而是选择了谁也想不到的招数：失踪。

两个高中毕业生一起失踪，不论在哪里、什么年代都是件大事。尤其是两个豆蔻年华的男女失踪，引起了种种推测。两个人失踪后，这一男一女的爱情才渐渐浮出水面。根据好事者提供的信息显示，两个人在谈恋爱，这种苗头以前被忽略了，随着两人失踪，便水落石出了。

现象一：两人是八一中学的同学，年龄相当，一男一女。

现象二：好事者提供，两人上学时经常一起走出军区大院，又一同走回来。

现象三：有好事者还发现，两人一同看过电影，进电影院前两人手拉着手，出来时，两人仍手拉着手，走出电影院门口时，手就分开了。

现象四：郑小菊的姐姐毕业后想去参军，王大旺的哥哥缠着父亲让父亲托人把自己也送到部队里去。

……

综上所述，种种迹象表明，两个高中毕业生，原来是一对恋人。两人又一同失踪，更加验证了人们的判断。恋爱不稀奇，两人高中毕业了，马上就要把自己的青春投入到社会的洪流中去了，恋爱也属于正常关系，可两人一同失踪，就没有人能够理解了。

双方家长，满院子的热心人，甚至发动了同学和老师，都在寻找这对失踪的恋人。

三天以后，仍没有找到，双方的家长就去了派出所报案，警察们也帮忙寻找，找了一气，又找了一气，最后仍然没有个结果。双方家长在那一段时间里，常常以泪洗面，唉声叹气，家里的焦急和亲人们的声声呼唤仍没能喊回两个失踪的孩子。

半年过去之后，两个孩子失踪的事件，渐渐在人们大脑中褪去了，因为有更多的事需要人们去关注。只有他们的父母，无法忘却这两个失踪的孩子，那一阵子，我们经常看到两个母亲站在军区大院门口，她们互相搀扶着，望着马路上的车流人流，巴不得两个孩子一下子从人流里冒出来。然而这样的奇迹并没有发生。

有好心的人见了这两个母亲就劝慰，说的都是吉利的话，比如：两个孩子也许躲到什么地方生活去了，年少不懂事，也许等懂事了，他们自己就会回来的。也有人说：说不定两人去了越南，支援越南抗击美国侵略者去了。因为那会儿，有许多年轻人，都梦想着去越南，加入越南抗击美帝国主义的阵容中去，许多青年人在边境线上被抓了回来。甚至有人说：两个孩子说不定去了香港……种种劝慰猜测，说得花红柳绿，人们都不愿意提及那个意外。因为，人们没有理由想到那个意外，活不见人死不见尸。人们总是往好处去想。

我们班的郑小菊和王大旺在最初失去哥哥姐姐的噩梦里，情绪消沉了许多日子，两人以前不怎么说话，就是因为哥哥姐姐的失踪，让两个人一下子走近了。上学时两人在一起，放学了，两人还在一起嘀嘀咕咕，神情严峻，我们一走近，两人就不说话了，很戒备地望着我们。

那会儿，只要我们男生和女生多说几句话，就会传出许多是非来，例如谁和谁好上了，谁和谁交朋友了。因此，我们最犯忌的就是男生女生之间的来往，仿佛男生女生一好，就犯了大忌，要遗臭万年。我们男生装得就跟小公鸡似的，伸长脖子，见到女生目不斜视，女生见到我们也是凡人不理的样子，那时我们男生女生就像水与火，永远不会交融。只有郑小菊和王大旺是个例外，他们的哥哥姐姐都失踪了，两个人有理由也有权利在一起嘀嘀咕咕，甚至牵手走路，我们都可以原谅和理解，因为同病相怜，需要互相鼓励和抚慰。

直到两年后的某一天，记得是四年级放暑假，开学就上五年级了。某一天，我们在院里踢球，一个同学不慎，一脚把球踢到了防空洞的排气窗里。那个排气窗建在离地面有一米多高的地方，四周由百叶窗样的木板组成，因年久失修，木质的百叶窗已经腐烂了，足球打在上面，百叶窗碎了，足球掉进了通风口里。我们相互埋怨着去捡那只皮球，最后还是王大旺钻了进去。他刚一钻进去，便“妈呀”大叫一声又爬了出来，他的样子似一只被踩到了尾巴的猫，瞪着眼睛、惊慌失措，一张脸都白了。许久，他才大叫一声：里面有死人。我们一听轰的一声就散了。

最先来到现场的是军区机关保卫部的人，他们七手八脚地将通风口拆了，又七手八脚地从通风口里抬出两具尸体，确切地说，是两具无法分开的尸骨，人虽然死了，但他们的尸骨仍然做出紧紧相拥状……

事情很快就水落石出了，这两具尸骨就是失踪近三年的那两个年轻人，当郑小菊和王大旺的母亲来到现场时，她们一下子就晕了过去。她们认出了各自孩子的遗物：一块手表，还有一只粉色的塑料发卡。手表是王大旺哥哥的，据他母亲后来哭诉说：这只表是他爸爸给他买的，上海牌，刚戴上三天时间。郑小菊的母亲说，那只发卡是女儿的，当年自己去上海出差带回来的，事发时也是刚刚送给女儿的。

后来警察们也来到了现场，又是拍照，又是取标本，说是回去还要化验。不管化不化验，这两具尸首已经没有任何异议了，他们就是失踪的郑小菊和王大旺的姐姐和哥哥。谁也没有想到，两个可怜的孩子会命丧防空洞的通风口。

后来我们分析，两人通过通风口要钻进防空洞，那里宽大、安静，非常适合谈恋爱，就是外面找翻天也不会找到他们。也许两人在里面待得太久，缺氧或沼气中毒，才没能走出防空洞。不论怎么说，两人凄美的爱情故事还是轰动一时。许多地方上的青年，都在讲述军区大院这对恋人的故事。凄凉而又艳丽，像天边的一抹彩虹，虽然生命短暂，但绚烂无比。

许多年过去了，我们仍然忘不掉这两位哥姐的故事，我们一次又一次想象着在那一天的防空洞里究竟发生了什么，两个青年男女又做了什么，我们浮想联翩，心中充满了向往和敬意。

我们高中毕业那一年的暑假里，都在为了自己的前途而奔波时，郑小菊和王大旺突然找到我们，那一次几乎把我们院内的同学都聚齐了。他们两人当着我们的面郑重宣布：他们恋爱了。我们望着郑小菊和王大旺，既不吃惊，也不意外，我们都很平静，想起他们的哥哥姐姐，就是在我们这个年龄为了爱情离开这个世界的。

没想到，郑小菊和王大旺的父母对两人的爱情宣言异常支持，双方的家长似乎想通过两个孩子的联姻，让他们更永世不忘失去的两个孩子。在我们的眼里，郑小菊和王大旺的爱情对哥哥姐姐来说是后继有人，前赴后继……

两人后来双双入伍参军，没多久，又一同考入了军校。他们毕业那一年，又是个暑假，举行了婚礼，婚礼的地点就在军区大院的礼堂里。我们都去参加了，让我们感到诧异的是，婚礼的背板上，不仅写有郑小菊和王大旺的名字，同时还写着他们哥哥姐姐的名字。当两位新人向他们的父母敬礼时，我们看到他们都流下了眼泪，他们的父母也流下了眼泪。我们看到此情此景，眼睛也潮湿了。

这不是两个人的婚礼，他们还代表了他们的哥哥姐姐。

郑小菊和王大旺的爱情，有哥哥姐姐绚丽的爱情相伴，他们一定美好幸福。我们都这么想着！

滑野冰

我们的童年很单调，不像现在的孩子，一出生就可以玩游戏，什么网吧、溜冰场到处都是，小学生就拥有 4G 手机了，上网打游戏、QQ 聊天、看小说……

那会儿的我们不行，尤其是冬天，老东北那时天很冷。天寒地冻时，我们只有滑野冰一种游戏。

夏天时的一个湖泡子，此时已经成了一块野冰场，冰面上乱七八糟地留下我们滑冰的痕迹。我们滑冰没有冰鞋，只有个别高年级的同学拥有真正的溜冰鞋，高高地站在冰刀上，很优美地滑来溜去，还有几个高中女生，也穿着冰鞋，把棉衣放在一边，穿着毛衣挺着胸脯，像一群燕子一样在我们周边穿来飞去。这些高中男生女生的游戏我们做不了，只能远远羡慕地看看。

这些高中男生女生正处在青春期，也根本不把我们这群小孩当回事，他们目中无人地和异性调情。他们有他们的故事，这里就不多赘述了。

我们这一群十一二岁的小破孩，没有冰鞋，只有“脚滑子”。这名字是我们自己起的，就是用两块厚木板，木板下钉了两条粗钢丝，在木板的前端又做了一个冠，冠下拧了两颗大号的螺丝，靠尖锐的螺丝帽去咬合坚实的冰面。我们把木板做的滑冰鞋套在鞋上，这便成了我们的溜冰鞋。我们脚踩用土法做成的溜冰鞋，在冰面一隅玩，因为大部分冰面已经被高中男生女生占据了，他们正热闹地溜在冰面上。我们只能占据一隅，但这也没影响我们的热情，不知疲倦地一趟趟、一圈圈滑动着自己的小小身躯，让飞翔的快感一次次刺激着自己的神经。

疯玩了一会儿，流汗了，天也渐渐地暗了，可我们仍然流连在冰面上。高年级的同学，有人打亮了手电，手电的光束绕着冰面一圈圈流动，景观霎时变得神秘起来。

因为流汗就开始口渴了，我们就地解决，找一个冰锥子，把尚没糟蹋过的冰面捣碎，我们就抓过这样一块块看似干净的冰块含到嘴里，像咀嚼一块块冰糖。得到了水分的补充，我们又疯滑起来，让童年的身躯飞翔在暗夜的冰面上。

冰吃多了，又有了尿意，那一次我突发奇想把一泡热尿撒在被捣碎的冰块上，做这些时，并没有人看到，我完全是抱着恶作剧的心理。撒完那泡热热的长尿，我很快就离开了那片冰面。因为寒冷，一泡热尿很快就和那些冰块结合在了一起。

又过了一会儿，开始有人滑到那处可以捡冰吃的地方，拾起冰块来吃。那些冰沾着我刚出炉的热尿，谁也没有发现，他们吃得津津有味，尿冰在他们嘴里嘎嘣作响。看到别人能吃自己的尿，我得意又开心。

我在另一处又捣开一块冰面，吃了几块冰之后又有了尿意，于是趁人不备，又在上面挤出一些尿来，当刚提上裤子时，张棉远滑到了我的身边，显然，这一幕被他看到了。他突然像一只猫被人踩了尾巴似的大叫一声：石钟山往冰块上撒尿，他让我们吃尿冰……

一时哗然，我借着夜色逃跑了。

第二天上课时，我用目光去寻找张棉远，他不和我对视，只留给我一个后脑勺。我心里想着如何整蛊这个叛徒。还没想出整蛊的办法，就下课了。班主任铁青着脸又一次把我叫到了老师办公室，我知道又一次坏菜了。果然，老师找我就是因为尿冰事件。班主任的目光透过眼镜射在我的脸上，看了一会儿，又看了一会儿才说：你小子让人吃你的尿冰！张棉远说了，他吃完尿冰后头疼了一晚上。

我心想：这个张棉远太可恨了，别人也吃我的尿冰了，人家头不疼，为什么就他头疼，他这是和我过不去。这么想了，心里越发仇恨张棉远了。

我就跟老师说：张棉远吃得不多，为什么会头疼？老师不听我解释，把我拽到他的座位上，让我写检查，说完自己走了，留下了我。

其他年级的老师们，抬起头来纷纷看我，然后就笑着问我：你小子让人吃尿冰？

我不敢抬头，大气也不敢出，挖空心思写检查。这些老师们便哧哧地笑。我不明白他们为什么要笑，觉得自己很没面子，头越发地低了，字字血声声泪地写自己的检查。

那天，我在老师办公室里一连坐了几节课，检查写了一遍又一遍，写写抄抄，不知写了多少遍。

老师们进进出出的，新进来的不知道底细，见到我便打听：这小子怎么了？

有老师就说：他让同学吃尿冰，吃得头疼了。

刚知道内情的老师也笑，笑得呵呵的，有几个女老师还向我投来怜悯又无奈的目光，让我越发地不知怎么受用。我一边写检查，一边恨张棉远。一个小小的尿冰至于吗，非得到老师这来告状，还说自己头疼，完全是夸大事实在变着法地整我，我越想越气。

直到放学，老师才让我回到班级里，我一回去，就把一双坚硬如钢的目光向张棉远望去，他不和我对视，做贼心虚地把后脑勺留给了我。

放学路上我截住了张棉远，我让他站住，他就站住了。他不敢不站住，离开老师他怕我怕得要死，不仅张棉远怕我，我们一路同行的这些同学都怕我。

原因是：上个学期我和高年级的同学在路上打了一架。我们高年级有两个同学不学好，抽烟、喝酒还打架。他们经常拦截住我们低年级的同学，伸手管我们要钱，不用多给，一毛两毛的都可以。许多同学都怕这两个学生，因为他们长得痞里痞气的，留着长发，反戴帽子，一看就不是好人，我们都躲着他俩走。上学期时，有一次，我们不幸被这两人截住了，他们伸出手向我们要钱，不给不让走。我们不给，就这么僵持着，他们两人居然上来搜我们身。对这两个小流氓我早有准备了，那一阵子，我偷偷把书本放在课桌的抽屉里，用一张报纸包了一块砖放到书包里，上学放学，我就沉甸甸地背着这块砖走来走去。当这两个小流氓要搜我身时，我把装着板砖的书包抡了起来，一下子就把一个人的头开了瓢，血呼啦一下子就流了下来。另外一个人又要冲上来，我又抡起书包给了他一下，这一下子没打到他的头，砸在了他的肩膀上，他“妈呀”叫了一声，掉头就跑。那个满脸是血的家伙，见同伴跑了，也跟着跑去，毕竟做贼心虚。

从那件事之后，我竟奇迹般地成为同龄孩子的领袖。

我截住了热爱告状的张棉远之后，又叫过几个同行的同学。我先痛斥张棉远打小报告的罪行，把他称为像王连举一样的叛徒。对叛徒一词我们深感痛恶，在《红灯记》《红岩》里都有叛徒，不仅毁坏了同志的性命，还让轰轰烈烈的革命遭受了重大损失。最后惩罚叛徒的最好办法就是枪决。我没办法枪决张棉远，想了想在他圆滚滚的脸上抽了一个嘴巴子。打了两下并不解气，我就号召周围的同学每人抽张棉远两个嘴巴子，不抽就是意志不坚定，是叛徒的同谋。我这一上纲上线之后，同学们便不再犹豫，排着队过来抽打张棉远的嘴巴子。张棉远的眼泪挂在眼角，一张圆脸不知被风吹的还是被抽的，总之，两个脸蛋通红。最后一个轮到了朱革子，朱革子是张棉远的外甥，是张棉远大姐的孩子，在我们那个年代，娘俩前后脚生孩子的情况并不鲜见。朱革子说话有点结巴，同学们起着哄，让朱革子大义灭亲，我用坚硬如钢的目光注视着朱革子，朱革子犹犹豫豫地走到了张棉远面前，张棉远一双含泪的目光望着自己的外甥，朱革子在我们再三催促下终于抬起了手，打之前说了句：舅舅……舅舅对不起了……

随着朱革子的手落在张棉远的脸上，张棉远的眼泪终于流了出来，最后被冻结在衣襟上，亮晶晶的。他骑自行车嚣张的风采再也不见了。

那次之后，张棉远再也没有当过叛徒。我们这些同学中再也没有人打过小报告。

事实证明，要想让你的队伍坚硬如铁，必须要有钢一样的纪律。从那以后，我带着同伴们又做了许多恶作剧而没被老师发现，我们心安理得、畅快淋漓，在灰暗单调的年代，留下了一个灿烂的童年。

遍地英雄

遍地英雄

宋元是我们的同年兵，天生就瘦小，大约有一米六，他的身高刚达到参军入伍的及格线。

宋元个头不高，却装着一颗雄心，就是梦想着成为英雄。我们生于20世纪60年代的人，一生下来就听着英雄的故事长大，有想成为一名英雄的梦想也不足为奇。但是宋元和我们不一样，他是想成为真英雄。

我们是80年代初入伍的，我们这批兵也算生不逢时，一参军就天下太平、万事大吉的样子。我们这批兵有许多人，就是怀揣着英雄的梦想入伍的，可一到了部队，虽然喊的口号是“提高警惕，保卫祖国”，但一点战争迹象也没有，国内国外，一副歌舞升平的盛世景象，我们失落着、惆怅着。

宋元则不是，他在寻找着成为英雄的机会，他在电视、广播、报纸中寻找着战争的机会。国际国内一有些动向，他就很兴奋地冲我们说：这仗要开打了。然后说出自己的理由，他的理由很充分很翔实，仿佛他是国际时事的观察员，或者是军委的智囊团成员，说得有鼻子有眼、有根有据。听得我们一愣一愣的，然后也摩拳擦掌，跟着宋元一起，期待某次战役的打响。结果国际国内形势依旧，仍然是一副和平盛世的景象。渐渐地我们对宋元观察员的角色丧失了信心，他再发表关于战争的高论时，我们只当听一个笑话。

宋元很郁闷，我们也高兴不起来。参军就是为了保家卫国，成为英雄，既然没仗可打，参军的意义又是什么？当时，我们有许多人有这样的想法。

后来宋元把自己的目光转回到国内，既然成不了战争中的英雄，他也要成为和平时期的英雄。那会儿的报纸经常登载一些和平时期的英雄事迹，比如勇斗歹徒，跳进河里勇救群众，都是一些见义勇为的好人好事，宋元对这些故事有了浓厚的兴趣，他把这些动人的事迹从报纸上剪下来，贴在自己的一个日记本上。我们发现宋元这个日记本时，他差不多把这些和平时期的英雄事迹贴满了。有的标题上还用红笔醒目地标注出来，在报页的空白处，还有他写的简单的感想。比如，他在一则见义勇为的故事旁写道：平凡见英雄，梦想时刻为英雄准备着。还比如在一则勇抓小偷的故事下面写道：遍地英雄真豪杰……在宋元一满本剪贴本上，写满了对英雄的感悟和他的豪言壮语。

在单独走出军营时，宋元和我们的状态都不一样，我们一边说笑，一边看风景，一副没心没肺的样子，宋元则不是，他像一个侦察员一样，睁着一双警惕的眼睛，目光犀利地扫视着人群和周围一切可能发生意外的环境，双手是紧握的，身上的每根神经也是绷紧的，随时准备冲出去，完成自己英雄的壮举。

周而复始，一次又一次，每一次外出宋元都失望而归。每次空手而归，都让宋元闷闷不乐，我们明白宋元的心思，便同情地望他。他不望我们，低下头，沉重地思考。

不知何时，宋元开始经常半夜不在床上，我们有几次半夜去洗手间，回来时发现宋元的床铺是空的。连长和指导员已经查过铺了，查铺时宋元一定是在床上的，现在空了，宋元去了哪里？迷迷糊糊中我们又转身睡去，早晨醒来时，发现宋元已经躺回到自己的床上了。

和宋元同宿舍的我们，都有这样的发现，于是我们就关上门偷偷问宋元。宋元抬起头看了一圈我们的脸，之后说：你们发现了?!我们认真严肃地点头。他突然站起来，给我们敬了一圈的礼，每个人都敬到了，然后诚恳地说：我告诉你们可以，但你们一定替我保密。我们再次点头。宋元见我们的头点得都很认真，然后才告诉我们，他半夜爬墙溜出军营，在寻找成为英雄的机会。这些日子，他隔三岔五地都要做一回这样的壮举。

我们相信宋元的话，因为我们了解宋元。于是，我们集体答应替宋元保密。

从那以后，我再发现夜半宋元的床铺空下来后，就想象月黑风高的夜晚，宋元游荡在漆黑的路上，在寻找坏人。这个场景我每次想起来，都挺感动的。

时间一天天过去了，我们转眼从新兵成了老兵，宋元还没成为英雄。他瘦小的身体越发瘦小。有时在食堂吃饭，他经常会吃到一半发起呆来，饭菜都凉了，他却忘了吃。我们都认为宋元成魔了。宋元的话也越来越少，在宿舍时，我们经常谈天说地，开着玩笑，宋元从不和我们谈论这些废话，他一个人抱着脑袋发呆。我们知道，这时候的宋元满脑子里装的都是大英雄。宋元为了成为英雄，整个人都魔怔了。

后来，宋元白天迷迷怔怔，晚上又精神异常，两眼放光。他的这种魔怔状态让领导发现了，稍一调查，领导们就洞悉了宋元的这种反常状态。领导们觉得有必要对宋元进行严加管理，委派我们宿舍的人晚上要看好宋元，不能让他再偷偷溜出去。院墙内外，增加了一些流动哨。

那些日子，我们轮流值班，看着宋元。宋元已经磨炼成夜游神了，他晚上比白天的我们还要精神，不仅两只眼睛睁着，还唰唰地放光。老虎还有打盹儿的时候，我们谁也熬不过宋元，我们一打盹儿，宋元就像幽灵似的溜走了。有时能翻墙成功，有时还没等翻墙，便被流动哨发现了，又强行把他带回宿舍。那一阵子我们集体和宋元玩起了猫捉老鼠的游戏。

领导找宋元做思想工作，宋元听着。领导们轮流和宋元讲各种能做通他思想工作的话，宋元听，不插话，最后领导就问：明白了吗？宋元怔一怔，最后还是点头。领导就说：那你回去写个保证，保证自己以后再也不出去了。宋元又点头，回来后很快写好了保证。但宋元似乎管不住自己了，一到晚上他又要出去。仿佛宋元脑子里装了两个宋元，一个是白天的宋元，一个是晚上的宋元。

白天的宋元无精打采，夜晚的宋元亢奋无比，着了魔般地要往外面跑。既然领导做工作没用，经领导研究决定，把宋元送到了部队医院去做了一番检查，医院的诊断结果为正常。一切正常的宋元，却做不正常的事，这让各级领导们很头疼。

宋元为此，在我们的部队很出名，认识不认识宋元的人，都知道宋元。有别的连队战友找到我们连，偷偷打听谁叫宋元，为的就是一睹宋元的真容。以前不认识宋元的人，见了传说中的宋元，就一脸失望的样子，摇着头走开了。不管怎么说，宋元出名了，知名度和英雄也差不了多少。

我们有时就冲宋元说：宋元你行了，虽然你不是英雄，但你的名气胜似英雄。

宋元听了，一副欲哭无泪的表情。我们不知道宋元为什么要有这样的表情。

终于，我们这批兵到了该复员的时候，宋元总算安全顺利地复员了。他虽然心有不甘，但还是认命地走了。

几年过去了，我们熟悉宋元的这些战友差不多快把宋元忘记了。突然有一天，我们部队的政治机关来了几个地方上的领导，他们要调查了解宋元。我们这才知道，宋元在老家出大事了。

宋元出的大事不是坏事，是好事。宋元回乡后就做了保安，保安这个职业似乎离英雄很近。没多久，宋元还是辞去了保安，成了无业游民，晚上在街上机警地游荡，白天靠捡矿泉水瓶为生。他刚开始在超市里、公交车上、火车站内抓小偷，抓了一个又一个，每次抓到小偷宋元都要把小偷交给派出所。宋元的行为，渐渐地让他在当地小有了名气，被当地公安破例招入便衣警察的队伍中。前些日子，当地一个金店遭到了一伙歹徒的抢劫，便衣警察宋元第一个赶到现场，和歹徒进行搏斗，身负重伤，抢救过来之后，宋元一下子成为当地政府树立的英雄。

宋元家乡政府的人为了整理宋元的资料，特意来到部队了解情况，这一下，宋元的事迹也在我们部队传播开来。军队内外一下子掀起了向宋元学习的热潮。

又是几年过去了，我们在网络上又一次看到了宋元的消息。还是在他的家乡，他去排除歹徒留下的爆炸装置，不慎失手，炸弹爆炸，当场牺牲了。他被当地政府树为英雄警察。网上有宋元的事迹，有照片。

我们得知宋元牺牲的消息后，心情久久不能平复，宋元瘦小的身影一次次在我们眼前浮现。

英雄的能量是无敌的，装着英雄梦想的宋元是我们无法相比的。不一样的宋元，终于走出了一条我们无法去走的路。

我们祝福宋元终于完成了自己的梦想，他成为了真正的英雄。有理想的宋元是快乐的，也是幸运的。

向战友宋元致敬！

别样婚姻

我们师宣传科的李萍嫁给了英雄马有禄。

李萍一下子就出了大名。

李萍是我们师宣传科的干事，以前她是我们军区文工团的歌唱演员，因军区文工团减编，她就被分到了我们师宣传科。

李萍很漂亮，身材也好，不高不低，不胖不瘦，一身合体的军装，半高跟皮鞋。走起路来轻盈灵动，长发飘飘。

漂亮的李萍干事，一下子嫁给了英雄马有禄，让我们许多未婚男军官，一下子失去了希望，日子变得黯淡无光。

结婚后的李萍依旧光彩照人，她成为我们全军的典型。军区报纸，还有许多地方报纸，登的都是李萍动人的事迹和她的照片。

李萍爱上英雄马有禄纯属偶然，马有禄是英雄代表团的成员，这批成员都是对越自卫反击战的英雄，马有禄在战场上为了掩护战友，自己踩在了地雷上，地雷爆炸让他失去了一条腿，于是马有禄就成为了英雄。马有禄这些英雄作为代表来我们师做巡回报告，我们宣传科负责英雄们的接待流程。

事出有因，当马有禄被漂亮的李萍护送推上主席台，台下发出了雷鸣般的掌声，显然马有禄已经见过大世面了，他坐在轮椅上，向大家敬礼，掌声平息之后，马有禄开始了关于英雄的演讲。随着英雄马有禄的演讲，台下的观众一次又一次热泪盈眶，并伴有经久不息的掌声。静候在侧幕的李萍早已哭成了泪人，化在脸上的淡妆早已被泪水冲花了。

当马有禄讲完，向观众举手敬礼时，李萍走上主席台，按正常程序，她此时应该推起轮椅，护送马有禄下台。但她并没有立刻护送英雄下台，而是走到麦克风前，用哽咽的声音说了句：我要为大家唱首歌。台下的人还没反应过来，她已经开始唱了起来，她唱的是当年非常流行也非常振奋人心的歌曲《血染的风采》。李萍是歌唱演员出身，她的歌声极具魅力，穿透了整个礼堂，穿透了每个听众的心，就连台上的马有禄都是一脸泪水，频频地给台下的干部战士敬礼。

没想到，李萍这首歌收到了意想不到的效果，一曲毕，台下的观众集体起立，掌声如潮，经久不息。师党委当即决定，让李萍干事加入英雄报告团，她的任务有两个：一是负责照顾英雄马有禄；二是在马有禄做完报告后，用歌声再一次把报告会掀向高潮。

从那以后，李萍随马有禄到处演讲，她不仅唱《血染的风采》，还唱《十五的月亮》，也唱《英雄赞歌》……英雄代表团每到一处都掀起一波又一波的巨浪，反响热烈，官员们的情绪激昂。

李萍参加英雄报告团半年后，回到了部队，她同时带回一个惊人的消息：要和马有禄结婚。也就是说，她要嫁给马有禄。在这半年英雄代表团走南闯北的时间里，李萍接到了许多我们师单身军官的表白信，这次她也把这些情书带了回来，足足有一大捆，她一一把这些情感真挚的信退了回去。

李萍和马有禄结婚那天，仍然在马有禄做过报告的礼堂里，我们宣传科的人，作为李萍的同事和婚礼的组织者都参加了婚礼。参加李萍婚礼的还有师首长，也有许多战友，其中不乏李萍的追求者、暗恋者。

婚礼上，李萍和马有禄两人都穿着军装，他们的胸前还佩戴了象征新郎新娘的红花。婚礼是我们科长主持的，场面热烈而又亲切，不仅师首长登台讲了话，许多战友也登台对两位新人表达了深深的祝福。婚礼最后一个环节，是新郎新娘表演节目，他们表演的节目就是共唱那首《十五的月亮》。两人的配合已经出神入化了，音乐一响，两人便进入到角色中，眼神的交流还有台步，让两人在台上珠联璧合、天衣无缝。

过了许久，我们仍能想起两人婚礼的场景。

他们结婚不久，马有禄以英雄的身份复员了，上海一家著名假肢厂为马有禄做了假肢，马有禄不再坐轮椅了，而是拄着拐杖站了起来，站起来的马有禄显得生猛而又高大，他的英雄形象更完美地得以体现。看得我们心里因嫉妒而产生许多稀奇古怪的想法。

李萍是我们的师花，她嫁给了英雄马有禄，请允许我们这些未婚男军官酸溜溜一回吧。

马有禄复员后，在我们驻军当地一家残疾人福利工厂当厂长，他手下有员工三十多人，和他当排长时手下的兵力相当。这家福利厂专门加工粮食，在计划经济的年代里，生意兴隆、顺风顺水。

李萍还在我们宣传科里上班，刚结婚那段日子，她张口闭口都是我家有禄，有禄长有禄短的，以前很内向的李萍，结婚后仿佛变了一个人，爱说爱笑了。

不久，李萍就怀孕了，轻灵的身子变得粗壮了许多，昔日爱打扮爱美的李萍一下子不见了，现在她只是一个怀孕的妇女。许多爱慕过李萍的男军官见了李萍，都会惊讶地睁大眼睛，然后趁李萍不注意，连连摇头叹息，心里又是一番别样滋味了。

又时隔不久，李萍生了，是个男孩，孩子出生重七斤八两。做了母亲的李萍又是另一番模样了。

就在李萍休完产假又回到宣传科时，李萍在我们的心里已经彻底变成为人妇为人母的女人了，她一天要数次跑回家去给孩子喂奶，每次喂奶回来，前衣襟的某处明显有一片湿痕，干了后，那里留下一片奶渍，我们走过李萍身边时，不可抗拒地会闻到一股婴儿的气息。我们心里的滋味就杂七杂八的，偶尔会想起李萍未婚时的轻灵和漂亮，那是藏在我们心底里的女神。

因为马有禄身体残疾对家里无法照顾，李萍更多地承担起了家里的琐事，人就显得很疲惫，整日里，情绪也不太好，早已失去光泽的脸上经常会挂满愁容，不经意间便叹气。我们不好说什么，听着她的叹息，心里也跟着一紧一紧的。我们默默地关注着李萍，但却无能为力。

不久，轰轰烈烈的大裁军开始了，李萍就是在那一年转业的。那会儿，她的孩子还不满两岁。后来我们听说，她转业去了文化宫当上了一名文艺辅导员。也算是专业对口。

从那以后，渐渐地，李萍淡出了我们的视野，也淡出了我们的话题。

有一次，和转业到派出所的一位战友聚会，听他说，李萍因为家暴到他们派出所报过案。李萍遭受家暴的消息，让我们感到很吃惊，也很不解，马有禄怎么会对李萍家暴？

后来我们渐渐知道，市场经济下的残疾人工厂也受到了改革的冲击，他们的小厂并入了一家正规的粮油加工厂，马有禄已经不是厂长了。从英雄到厂长再到一般工人，马有禄无法适应这种心理落差，性格就产生了变化，他开始酗酒、打老婆，把生活的不如意发泄到李萍身上。据李萍家的许多邻居说，他们经常看到马有禄一手拄拐，一手提拎半瓶酒，一边喝酒一边用拐杖打李萍。

我们宣传科这几个同事战友，决定集体去探望一次李萍。一个星期天，我们来到了李萍家。李萍站在自家楼门口正准备出门，自行车后座上驮着她已经五岁的儿子，车筐里放着孩子的书包和水瓶子。她看见我们怔了一下，我们说明了来意之后，她尴尬地冲我们笑一笑说：不好意思，我正要送孩子去补习班。

说完又寒暄几句，便匆匆地推车而去，走了两步她又回过头来冲我们道：你们放心，我日子过得挺好的。有空去部队看你们去。

说完她匆匆地骑车走了，汇入了车流人流之中，和许多周末送孩子的家长一样。他们带着孩子奔赴各种补习班，这就是普通人的日子。

我们望着李萍远去的背影，心想：日子可以改变一切，包括曾经漂亮高傲的李萍。

有时我胡思乱想：如果当初李萍不嫁给英雄马有禄，而是嫁给别的什么人，她的日子又会怎样呢？也许，她仍然会做母亲，也会在周末的时候，带着孩子奔波在去各种补习班的路上。无论别人的日子好与坏，那是我们内心的评判，日子好与不好，只有我们当事者心里清楚。

适应的生活，就是我们各自最好的。漂亮美好的青春只是我们的回忆，我们的眼前是各自的生活。我们都奔波在生活的洪流中，生命不息，生活不止。

老班长

每个入伍的新兵，都会经历第一任老班长，每个老班长都是不同的，唯一相同的就是老班长的身份。我们每个有军旅生活的人，心里都装着自己的老班长。

我的老班长姓关，黑龙江人，脸膛微红，个头一米七五左右，是标准的北方男人长相。那时，他应该二十出头，在我们这群十六七岁的新兵面前，显得成熟而又老练。一身洗得发白的军装，还有缀在领口颜色已不饱满的领章，这一切都在向我们证明着他老兵的资历。

关班长已经是第四年的老兵了，老兵的样子我们是学不来的，他举手投足一切都已经程序化了。我们第一次列队站在他的面前时，他的眼神里是一副处变不惊的样子，下巴微微抬起，目光在我们脸上一一扫过，拿着花名册点了一遍名字。放下花名册，他就彻底记住了我们。

新兵连的三个月时间里，就是关班长陪着我们度过的。新兵连的生活紧张而又刺激，比如夜半，突然响起紧急集合哨声，我们在睡梦中惊醒，手忙脚乱地穿衣戴帽，混乱地打着背包。黑暗中，两个人扯着一条背包带你争我夺，你碰了我，我踩了你，宿舍内乱作一团。

关班长此时已经背好背包，站在屋子中央，一遍遍地说：不着急，注意动作要领。接着，他第一个冲出宿舍，早早地站在操场上的集合地点等着我们了。

紧急集合后，是五公里越野长跑。我们慌乱之中打起的背包其实就是样子货，没跑多远，有人的鞋子从背包上掉了下来，有人的背包跑散了，抱着被子继续跑，前面抱被子的，被后面的人踩到了，然后就是滚作一团。关班长跑在我们三班的最后。跑到终点时，天边已经微亮。我们回头去看时，关班长身上不止五床被子，散落在他的肩上和腋下，手里还提着若干双鞋，关班长在被子中露出头来，淡淡地看着我们，仿佛他经历过无数次这种残兵败阵的样子了。

一次又一次紧急集合，直到我们终于衣衫背包整齐地站在他的面前时，关班长又微抬起下巴，一双处变不惊的目光从我们脸上扫过，此时，关班长的眼神是欣慰的。经历了三个月的军训，我们已经是合格的战士了。

新兵连三个月时间里，周末的时候，关班长组织我们爬了几次山。山就在我们驻地的门口，每天出门，需对这座山仰视才能看到山顶。山没树，多石头，我们就称它为石头山。

周末，我们写完家信，洗完衣物，就和关班长一起爬山。关班长床铺下放了一支竹笛，紫红色，每次爬山，他都要把那支笛子带上。几十分钟后，我们气喘吁吁地爬到了山顶。风吹着汗，很惬意，站在高处，心胸就开阔起来。冬日的阳光虽没力气但也鲜亮，有风吹着少许的草，沙沙作响。

关班长这时会找到一块平坦的石头坐下来，开始吹笛子。笛声悠扬，曲调明快，我们所有人的心情都大好起来，忘记了思乡，忘记了种种，齐齐地围在关班长身边，关班长就流水如歌地把笛子吹下去。

有时关班长爬完山后，并不吹笛子，躲在没人处，拿一张照片看，看上一眼，想一想，然后再看一眼，再想想。有眼尖的战友发现关班长的照片上是个女人，而且是个年轻女人。我们像侦察兵似的潜到关班长身边，终于看清，照片中果然是个姑娘，浓眉大眼，梳着一根长长的独辫，很像样板戏中的李铁梅。

从那时起，我们知道关班长恋爱了，他的恋爱对象是老家的姑娘，叫李小萍。这是我们从关班长写信的信封上看到的。

恋爱的关班长满眼幸福，一脸慈祥。每到休息时，他都会吹笛子，曲调自然悠扬甜美，洋溢着幸福和欢乐。

新兵连结束后，我们这批新兵被分到了老连队，关班长的单位是团部的警通连，虽然我们不在一个连队了，但还能经常相见。每次见了我们，他依然以老班长的口吻说：好好干。

在新兵连时，他对我们说得最多的话就是好好干。当然，他自己也在努力好好干呢。他当满三年兵时，就入党当了班长，他正在奋斗想留在部队提干。能成为一名军官，是许多战士的梦想。

不久，我们在团部招待所见到了关班长，他的身边站着一个姑娘。关班长就热情地介绍说：我女朋友李小萍。我们恍然大悟，这就是我们在照片上看到的李小萍，一根独辫，甩在身后，朴实而又阳光，像一株向日葵。我们就叫“嫂子”，我们不知如何称谓，只能这么衷心地叫着。

李小萍红了脸，关班长也羞涩地笑，热烈了一阵子，关班长就带李小萍去招待所了。我们用羡慕又祝福的目光望着两人走进招待所的大门。关班长魂牵梦萦的女朋友终于来部队看他了，我们都为关班长感到高兴。

那几天的傍晚，我们训练回来，路过团部招待所，都能听到悠远的笛声从招待所里传出来，这是关班长幸福的笛声。

年底的时候，我们突然听说关班长要离队了，年底是老兵复员的日子。关班长已经是五年服役期的老兵了。

关班长离队那天，我们都去送他。警通连正在举行老兵向军旗告别的仪式。关班长站在队列中，向军旗敬最后一个军礼。礼毕后，他们要摘下象征着正式军人的领章和帽徽。当关班长摘下帽徽时，他的眼泪流了下来，落在帽徽上。他仔细把泪擦去，用手绢把领章和帽徽包好，小心地装在衣袋里。

我们向没了领章帽徽的关班长告别，没了领章帽徽的关班长，似乎一下子失去了神采，他看看我们这个，又看看那个，帮我们扶正了帽子，又拉了拉我们不平整的衣襟，然后又拍着我们的肩头说：好好干。他说这话时，眼里又充满了泪水。

在团部门前，我们向关班长告别了。我们一起为关班长敬礼，关班长举起手，犹豫一下还是还了礼。他转过身去时，眼泪再一次掉了下来。他再也没回头，走进老兵的队伍中，登车离去。

关班长走后，我们才知道，关班长一直被当成军官的苗子来培养，只是在那一年，部队有了新规定，所有军官要通过军校来培养，部队直接提干的惯例已经被解除了。关班长只能复员回了老家。但他的那句“好好干”，一直揣在我们的心里。

两年后，我们又一次见到了关班长，他是在团部门口的值班室里打的电话，我们跑出去见到了站在团部门口的关班长。他穿着一条灰色的裤子，上身仍然穿着洗得发白的旧军装。他身上背了一个编织袋，鼓鼓地甩在身后，他的身旁多了一个年轻姑娘。他见了我们，一笑道：这是你们嫂子。

我们打量“嫂子”时，发现这姑娘已经不是我们见过的李小萍了。这姑娘身子骨有点单薄，眼睛也没那么大，留着短发。“嫂子”冲我们笑，我们想请关班长到宿舍坐坐。他说：不了，我们还要赶火车。在这儿换车就是想到老部队看一眼。

从“嫂子”的嘴里我们知道，他们这是要去南方打工，本来有直达的火车，可关班长非得舍近求远，在我们驻军这座城市换一次车，一定要到老部队来看看。他们下车时就买好了换乘票，已经没有多少时间了。“嫂子”一遍遍催促着关班长去火车站。

关班长依次地把我们打量了，摸摸这个人的衣领，又抻抻那个人的衣襟，然后一遍遍地说：好好干。

我们依次点着头，“嫂子”用力拉了一下关班长，关班长一个趔趄，嫂子说：快走吧，再不走，真的赶不上车了。

关班长甩开“嫂子”的手，透过我们的肩膀，又深深地向团部院里看了一眼，然后冲我们说：好了，该看的都看了，走了。

我们又一起给关班长敬礼，他愣了一下，忙给我们还礼，还礼的动作已经生疏了，也不那么标准了。他笑一笑，又说了句：好好干！然后就被“嫂子”拉着，急三火四地走了。背在身后的编织袋，遮住了关班长的背影。

后来我们听说，李小萍是因为关班长没能成为军官，在他回乡后就和他吹了。后来经人介绍，关班长和现在这个“嫂子”结了婚，两人商量着去南方打工奔生活去了。

去了南方的关班长偶有信来，每次来信都在询问我们部队的变化、战友的近况，最后一笔，总会写上一句：好好干。后来，我们这批兵大多复员离开了部队，有的考上了军校，也有人因工作关系调走了，渐渐地，我们和关班长失去了联系。

许多年之后，我突然接到一个陌生的电话，对方怯怯地先核实了我的名字，又问我认不认识一个叫关长江的人，关长江就是关班长的名字，确认后，他才说，他是关班长的儿子，想跟我见一面。

我见到关班长儿子时，一下子想到了年轻时的关班长，标准的北方小伙子长相，脸膛微红，他怯怯地看着我。我从关班长儿子嘴里得知，关班长在北京一家医院里治病，已经来了两个多月了，他辗转通过许多人，终于查到了我的电话，然后打发儿子来见我。

我赶到医院见到了关班长，癌症已经把关班长折磨得不成样子了，消瘦无力，眼窝深陷，头发稀疏，软软地贴在脑门上。他见到我，张开一张嘴，打量了我半晌，呵呵地笑了两声，然后拉着我的手让我在床边坐了下来。

关班长这病已经得了有几年了，在地方没法治，后来被儿子强行送到了北京，他们带着最后的希望到了北京，可惜的是，一切都太迟了，北京的医生也无力回天了。他找到我后说出了一个心愿：想去天安门看一次升旗。他说这话时，眼睛又放出了亮光，握着我的手也开始潮湿起来。

第二天早晨，我从医院把关班长接了出来。他让儿子又给他换上了旧军装，那身旧军装穿在他身上显得肥大了许多，他抬手的时候，我发现旧军装的肘部已经打了补丁。

我和关班长儿子推着轮椅车来到了清晨的天安门，已经有许多看升旗的人等在那里了。我们站在人群中，很快，金水桥那面护旗的队伍铿锵地走了过来。

关班长侧着头，望着护旗方队的每个动作，一直看到国旗升起，护旗士兵在向国旗敬礼。关班长坐在轮椅上，努力让自己坐端正了，颤颤地举起了手。国歌声中，他的手一直那么举着，一直到国歌结束。我发现关班长的脸上满是泪水。

那天，我们在天安门国旗旁边待了很久。游人散了，关班长让儿子为自己拍了一张照片，背景是国旗和护卫国旗的武警战士。

看完升旗的第三天，我又接到关班长儿子的电话，他告诉我，他们已经坐上了回老家的列车。他儿子把电话放到了关班长耳边，我有些难过地说：关班长，你怎么就走了？他含混地说：不治了，治了也没用，回老家……他还说，这次来北京很开心……

关班长走后，我心里沉甸甸的，总是想起他。

一个月后，我接到了关班长儿子的一条短信，短信说他爸爸离开了这个世界，走得很平静。

我不知说什么，只给关班长的儿子回了三个字：好好干！

干部与战士

老高在当满六年兵后终于提干了。

老高提干了，他要探一次亲，这次探亲的主要目的是回老家相亲。老高的家在青岛郊县，在入伍的六年时间里，老高一直在为提干做着努力，甚至在当兵六年时间里还没回老家探过一次亲。六年的努力终于有了成果——老高提干了。

半年前，老高要提干的消息就传开了，老高也把这一喜讯写信报告给了父母，还有一些亲朋好友。老高的亲人们奔走相告之后，便开始给他物色女朋友。老高不提干他就是名战士，按照部队的条例规定，从哪入伍就要回到哪去。但干部却不一样了，可选择的地方很多。亲人们为了让老高找到一个门当户对的女朋友，在老家一顿忙活，又一顿联系，终于在青岛城里为老高物色到了一位姑娘，据说这个姑娘在银行工作，坐在窗口后面，帮人存钱或取钱。

姑娘物色好了，就等着老高提干命令宣布了。在那年的“五一”节前夕，老高的提干命令终于下来了。

老高做的第一件事就是休假探亲，去见那个银行姑娘。这是老高阔别家乡六年后的第一次探亲，他对待这次探亲之行极其重视。

老高刚提干，干部服装还没发下来。当时我们部队的军装，干部和战士的区别是：干部服装比战士服装多两个口袋，上衣下摆处的两个口袋。别小看这两个口袋，这可是军人身份的象征，是战士和干部的区别，天上地下。

老高要探亲，没有干部服装是不行的，于是，他找到已经是干部的一个老乡那里，借来了一套八成新的干部服装，同时借来的还有一双三接头皮鞋。皮鞋也是干部身份的象征，那会儿部队条例规定，战士不允许穿皮鞋。

那天中午，老高把借来的干部服和皮鞋同时穿戴上了，鞋有些大，老高撕了一张报纸，揉成两个纸团，用两个手指头试探着塞到鞋里面，再穿上皮鞋时，他的一双脚和鞋就严丝合缝了。皮鞋后跟钉了铁掌，部队干部四年只发一双皮鞋，因此，一双皮鞋在干部眼里就很娇贵，钉上鞋掌是为了让鞋更加经穿耐磨。钉了铁掌的皮鞋，走在路上就咔咔有声。

那天中午，穿上干部服和皮鞋的老高无疑是兴奋的。他一趟又一趟在宿舍里出出进进，把清脆的脚步声留在了那天的中午。

我们连队门前有一块整容镜，老高站在整容镜前，抻抻衣襟，前后左右地看了，又亮起鞋掌上下地看了。衣服很妥帖，干部服四个兜很明显，皮鞋被老高擦拭过了，锃亮得晃人眼睛。

老高自己看过了，仍一副不自信的样子，走回宿舍，在空地上像模特似的转了一圈，摆个姿势然后问我：小石，你说咋样？

当时我和老高在同一间宿舍，此时正是午休时间，我躺在床上，手里正翻着一张报纸，听见老高这么问，我放下报纸认真地看了他一眼道：还不错。

老高仍不自信，又问了一句：真的？

我答：真的！

他满意地笑了笑，不知对我的回答满意还是对他这身新换上的行头满意。老高转身又出去了，听他的脚步声一直走到了院里，部队营院是用水泥抹成的，带了鞋掌的皮鞋走在上面就一路“咔咔”地响下去。

整个中午，我听见老高兴奋的脚步声一刻也没有停歇过。走在院内的老高，举手投足都已经很有干部的风范了。

老高是晚上的火车，他提着提包，穿着干部服去火车站时，我们许多人都把他送到了军营门口，一边说着祝福的话，一边打量着一身干部装束的老高。他幸福地笑着，挥手和我们告别，然后迈出干部模样的脚步，登上了通往火车站的公共汽车。老高就走了。

老高刚走没多久，部队接到了一项任务，这个任务涉及老高，可老高已经奔火车站了，马上就要登车回家探亲了。

作战科派出一辆吉普车，火速赶往火车站，把即将登车的老高又截了回来。

我们部队接到了赴南方排雷的任务，党委研究决定，要抽调一批精干力量去执行这次任务，老高的名字在这支精干力量之中。于是他没探成亲，立刻要去南方执行这次特殊任务。

当年对越自卫反击战时，越南人为了阻止我大军顺利反击，在我国南方边境一带埋设了成千上万枚地雷，反击战胜利结束时，我军为了不让越军骚扰，也埋设了成千上万枚地雷。漫长的边境线上，一时成了禁区。随着时间的推移，两国关系缓和，这些地雷成为和平建设时期的绊脚石，于是，军委决定排雷。我们的部队就是在这样的大背景下接到了这项任务。

老高成为排雷部队一员之后，他的崭新的干部服装很快发下来了，同时发放的还有一双三接头皮鞋。这双鞋是按照老高双脚的尺码下发的，不用塞报纸，他穿得就已经严丝合缝了。

老高出发前，双手捧着那双新鞋左看右看，看了半晌，终于下定决心，这次执行任务不带这双皮鞋走了。按老高的理解，南方多雨，一定泥泞，在泥泞的泥地里穿皮鞋是浪费，于是老高决定不穿皮鞋。

老高执行任务走得匆忙，还没来得及把鞋钉上掌。他走之前，把这个任务千叮万嘱地交给我，我轻描淡写地答：放心吧高排长，不就是钉个掌吗，我一定帮你把鞋弄好。

老高走了。

第二天我就提着老高的新皮鞋帮他钉掌去了。在鞋窝里，我发现他留下了一块钱，那会儿，钉一只鞋掌需要五毛钱。我心想：这老高，心还挺细的。

我站在鞋摊前，看着修鞋师傅叮叮当当地把鞋掌钉好，我提着老高的皮鞋回到了宿舍，把一双新鞋端端正正地放到了他的书桌上，又找了一张报纸盖在上面，保证他回来时，新鞋如初。

从那以后，我每天都会看到若干次老高的皮鞋，一看到皮鞋我就会想起老高，也不知老高执行任务怎么样了。

过了一阵子，突然有一天，听说老高负伤了，住在军区总院。我们得到这个消息时，都大吃了一惊。

我们连队派出几个代表去军区总院看望老高，我是代表之一，出发前，我掀开报纸，看着老高的那双崭新的皮鞋，犹豫着要不要给他带过去。想了半晌，最后决定，这次不带了，一个伤病员没机会穿皮鞋，等老高回来，日后穿皮鞋的时间还长着呢。

我们在医院里见到了老高，老高的一张脸很苍白，见到了我们，他努力笑着，我们七手八脚地握住了老高的手，摇着他问：高排长，你伤哪儿了？

老高把手从我们手里抽出来，掀开了盖在身上的被子，这一看让我们大吃一惊。老高的一双小腿已经截肢了，大腿上缠满了纱布，老高在我们眼里一下子少了一截。

在老高的叙述中，我们了解了事情的经过：老高在排雷时，踩到了地雷，地雷爆炸，当时老高的两只小腿就被炸飞了，他先是在南方部队医院住了一阵子，这才转到军区总院接受进一步治疗。不论怎么治疗，我们知道老高再也找不回自己的双腿了。

那次和老高告别时，我拉住了他的手，小声地冲他说：高排长，鞋掌我已经给你钉好了，那双鞋就放在宿舍的桌子上，用报纸盖好了。

老高的目光移开，扭过头去，我看到老高眼里流出了泪水。我不知再说什么好，用力地握了握老高的手。

又过了几个月，老高被接回了部队。随着他归队，一纸命令也下来了，老高被评为一级甲等伤残军人。既然是伤残军人，证明他已经不适合在部队工作了，上级又下发了另外一纸命令，老高转业了。

老高坐在轮椅上，被人推回了宿舍，他是来收拾东西的。因为他已被确定转业，马上就要离开部队了。

他看到了书桌上用报纸盖着的那双钉了掌的皮鞋，他左看右看，看了半晌，又抱在胸前想了想，提起皮鞋冲我道：小石，这双鞋送给你吧。

我望着他，不知说什么。

他举着那双崭新的皮鞋又说：我再也穿不上它了。

我接过皮鞋，眼圈红了。

老高没再说什么，拍了拍我的胳膊。

老高被父亲和哥哥推着轮椅上的火车，老高离开时，我们许多人都去送他了。他坐在车上，扒着车窗看我们，我们在车下一起用力地挥着手。

车开了，老高一直把脸贴在车窗上，一直到消失在我们的视线之中。

老高留下的皮鞋，我一直把它摆放在柜子的最下面，每次换衣服都会看到那双皮鞋，一看见它就会想起老高。

老高要见的那个银行女朋友，不知见了没有。他来信说，自己在上海定制了假肢，不知老高戴上假肢后是个什么样子。

许多年过去了，我只要一看见那双鞋就会想起老高，想起老高在刚提干那天中午，穿着借来的带掌皮鞋一遍遍走在营院的水泥路上，发出“咔咔”声音的情景。还有老高满足幸福的微笑。我在心里默念着为老高祈福：希望他失去双腿的路，能够走好。

老排长的春天

张玉华是个老排长了，我认识他的时候，他有二十八九岁的样子，那会儿他已经当了五六年排长了。连续担任同一个职务五六年，没能有所提升，因为张玉华是直接提干的，后来许多部队干部都是经过部队院校培养的，也就是所说的大学生。在 20 世纪 80 年代，正是文凭热的年代，没有文凭的张玉华因此受到了组织的冷落。

张玉华就整日里很焦灼的样子，他不仅为职务焦灼，还为自己的婚姻大事发愁。因为所有人都把文凭看得很重要，受到冷落的张玉华只能把希望寄托在找对象上。

那会儿，许多热心人都为张玉华的终身大事操着心，不时地把认识的适龄女青年介绍给张玉华。张玉华入伍前家在江西老区的一个山沟里，在 20 世纪 80 年代，一提起老区就等于和贫穷画上了等号。没有文凭，年龄又大，家又在老区，这三座大山摆在了张玉华面前，压得张玉华这个老排长似乎有些透不过气来。

日常生活中的张玉华很少有过笑脸，整日里愁眉苦脸的，腰也似乎挺不直，在我们的眼里一天比一天弯下来，仿佛那三座大山不是压在他的心里，而是身上。

每到周末，在热心人的安排下，张玉华大都会去见女朋友。一大早，张玉华穿上比较新一些的军装，努力地把腰挺起来，迈着犹豫的脚步走出营区，向公共汽车站走去，他要换乘几路公交车，在指定的地点和姑娘们见面。

傍晚或再稍晚一些时候，我们的老排长张玉华才拖着疲惫的身躯走进营院，出现在我们的视线里，我们似乎比张玉华还想知道结果，于是纷纷围上去，有的敬给他一支烟，有的把火点燃，张玉华望我们一眼，深吸两口烟，转身就走了。早晨挺起些许的腰杆此时又弯了下去。不用问，我们也大概知道了结果，心里和我们的老排长张玉华一样失落。

老排长张玉华虽困难重重，但他却有着坚强的毅力。从春到夏，从秋到冬，每到周末张玉华都会走出营区，会见一个又一个女青年，我们不知他所见到的女青年的长相，甚至高矮胖瘦，但结果只有一个，这些姑娘综合起张玉华的条件，都没人能看上我们的老排长。我们替张玉华觉得有些不平。

张玉华在追寻爱情的道路上，屡败屡战，并不气馁，腰弯下去又挺起来，挺起来又弯下去。冬日的一个周末的早晨，我们看到营区积雪的路上留下一串孤独伸向远方的脚印，不用问，就知道一定是张玉华又一次出发了。在这个大雪纷飞的早晨，张玉华孤独的脚印很快就被雪覆盖了。

冬日的傍晚，张玉华一张脸被冻得跟雪一样苍白，嘴里不停地嘶哈着，跺着脚走进宿舍。我们又一次热切地围过去，张玉华不再理我们，一头扎在床上，半晌，他突然发出呜咽之声，为了不让哭声传播出去，他拉过被子蒙住了自己的头。我们看到张玉华的身子在床上一耸一耸地抽动，心里也不是个滋味。坚强又有韧性的张玉华终于忍不住伤心地哭了。这是一个男人的哭声，许多年过去了，一想起张玉华的哭声，我心里仍然说不出个滋味。

后来，就有好心人劝张玉华，既然在外面找不到女朋友，回老家找吧。张玉华听了，头摇得跟拨浪鼓一样。张玉华参军就是为了离开贫穷的老家，在张玉华的描述中，我们知道那时的江西老区还很落后和贫穷，尤其张玉华老家的山沟里，住茅草房，连电也没通，还要点煤油灯度过一个又一个漆黑的夜晚。张玉华参军离开老家，看到了外面的世界，他对老家无奈又痛恨。如果在老家找个女人，他转业后只能回老家，那就等同于他转了一圈又回到了起点。张玉华不想回到起点，他要留在大城市里，只要他结婚，按部队转业政策，他就可以留在爱人所居住的当地生活。

张玉华对幸福美好的生活充满了向往，可是他的出身以及学历，甚至包括他的前途，都制约了他对美好生活的向往。

悲痛了一次又一次的张玉华，在下一个周末又整装待发了，挺起腰杆，满怀希望地又见下一个姑娘去了。

结果，没有结果。

我们对老排长张玉华的终身大事都不抱希望了，他再次回来时，我们也失去了打探的热情。

张玉华沉默着，悲痛着，但又坚持着。

在那年的秋天，张玉华回了老家探亲，这一年张玉华已经满三十岁了。二十天后，张玉华又回到了军营，他向我们宣布，在老家的县城医院里找到了一个女朋友。他还拿出一张照片让我们看，照片上的姑娘很清秀，也就是二十出头的样子。张玉华望着照片，很甜蜜幸福的样子。他冲我们说，他的女朋友叫小莲，是医院的护士。

我们都衷心祝福张玉华能找到女朋友，虽说不是大城市的，但县城的也不错了。怎么说张玉华转业后也不用回到山沟里住茅草房，过点煤油灯的日子了。

我们真的为张玉华感到高兴。

从那以后，我们的老排长再也不用起早贪黑地在周末的日子里一次次出门见女朋友了。他和我们一样，可以睡个懒觉，在周末的白天洗洗衣服、晾晒被子什么的。

张玉华忙完一些个人卫生之后，就坐在桌前开始写信了，先是点了支烟，烟燃着蓝色的烟圈在他眼前升起，他眯着眼睛在端端正正的稿纸上开始给那个叫小莲的女朋友写信。老排长张玉华写信的过程看上去很受用的样子，写一段看看，然后再写，写完把信装到信封里，他拿在手上，一副遐想无边的样子。

不知哪块云彩下了雨，在我们老排长的爱情终于有了眉目的时候，上级突然一纸调令把张玉华调到了另外一个连队，职务由排长升为副连，这对张玉华来说，简直像出门被狗头金绊倒一样幸运。

张玉华和我们告别时，满脸灿烂，腰挺得笔直，一边和我们每个人握手，一边说：有空去我那儿玩，我招待你们。我们挥手和张玉华告别，他现在的身份已经不是老排长了，而是副连长了。张玉华在我们的视线中，背着行李很像副连长地走去。他的背上写满了雄心和壮志。

张玉华调离我们连队之后，我们见面的机会就少了。

不久，消息灵通的人们带来了一条消息，说是张玉华又处了一个女朋友，就是我们驻军当地一家商店的售货员。听到这条消息，我们都感到很惊讶，都一起想到了他老家县城叫小莲的那个姑娘。

既然张玉华有了这个女朋友，老家那个女朋友肯定得吹了。我们心里就又不是味了，不知张玉华的选择是正确还是错误。

有人依据这条线索，专门去那家商店，看到了张玉华的女朋友，摇着头冲我们说：这女的长得不好看，比小莲差远了。

我也看过张玉华的新女朋友，长得有些粗壮，个子不高，短发，还戴着近视镜。似乎吃不准她的年纪，说三十岁也行，说三十五也有人信。

渐渐，我们勉强理解了张玉华的选择，在这个节骨眼上，他选择的不是女人，而是未来的生活环境。既然这样，我们也懒得对张玉华说三道四了。

又不久，我们听说张玉华出事了。这次听说张玉华出事的形式很严肃，是我们连队转发上级的通报，通报中说，张玉华私自驾驶连队的汽车去城内办私事，结果出了车祸，造成一人重伤，一人轻伤。

张玉华是连队的副连长，并不是司机，他属于非司机驾驶车辆，这就触犯了部队的条例。接下来，他会受到严厉的处分。

果然，没几天，上级的处理结果下来了：免去张玉华副连长的职务，降为排长，立即转业。

张玉华离开部队那天，我们都去送他。他原本挺直的腰又弯了下去，背着行李，提着手提箱和我们落寞地告别。我们不知说什么好，只是一遍遍地说：保重，保重。

张玉华勉强冲我们笑一笑，转过身，寂寞地走去，身子一躬一躬的。

后来我们才知道，张玉华私自驾车是为了见女朋友，他开车技术不怎么样，结果还没见到女朋友，在途中就出了车祸。

张玉华被降职，又被转业处理，不用问女朋友也告吹了。我们开始担心张玉华转业后的命运了。

张玉华离开部队后，没和我们联系，我们多方打听，也没有得到半点关于张玉华老排长的消息。

有时我们就想，张玉华的结果就是张玉华的命，如果他不提为副连长，也许他就会和小莲结婚了，即便回到老家也会在县城安排个工作。可他提了副连长，和小莲吹了，找了大城市的姑娘，结果姑娘和城市又与他什么关系也没有了，包括那个叫小莲的女护士。

难道这就是张玉华的命？

十几年后，我们终于听到了张玉华的消息，这时，我们差不多把张玉华忘记了，想了半晌，终于想起了当年的张玉华。传达张玉华最新消息的战友说：当年张玉华转业后并没有回老家，而是直接去了广州，他拿着转业费开始做生意，起早贪黑地一干就是十几年，他现在已经是腰缠万贯的老板了。

我们这位战友就是出差去广州见到的张玉华。他还告诉我们，张玉华后来结了婚，他的夫人是名研究生，长得国色天香……

我们听了张玉华的最新消息，又不由感叹，这又是张玉华另外一种命运了。

我们虽然没见到张玉华，但想必他的腰杆一定是挺得笔直的。

独身主义者李权

我们认识李权时，他已经是大学老师了。他是我们军区大院的孩子，比我们大许多，从我们记事起，对他就没什么深刻印象，一是他年龄比我们大一些，第二点，他从小就失去了父亲，他父亲好像牺牲在了抗美援朝的战场上。他父亲牺牲时，他还没出生，他是个遗腹子。是他母亲把他拉扯长大的，不仅他，还有一个哥一个姐。一个女人拉扯三个孩子长大成人，不论在哪个年代，都是件艰难痛苦的事情。

李权成为大学老师后，人住在学校的宿舍里，周末的时候，偶尔会回到军区大院看望他的母亲。他的母亲年纪很大了，已经退休了，退休前是后勤被装仓库里的一名职工。李权的父亲成为烈士，他的母亲得到了军区的照顾，以前她并没有工作，只是从老家随军而来的一名普通妇女。李权父亲去世前，职务并不高，住的房子不大，是一溜平房里的某两间。严格意义上说，李权是我们军区大院军工子弟，当年小的时候，这些军工子弟并不和我们一起玩，所以，过了许久我们才认识李权。

成为大学老师的李权，穿中装、布鞋，戴一副圆眼镜，像民国时期账房先生的那种眼镜。那会儿在 20 世纪 80 年代初，许多青年都认为留长发、烫发时髦，李权则反其道而行之，理的是光头，一定用刀子刮过了，锃明瓦亮的样子，头上的青筋毕现。李权复古的装束吸引了我们，我们一下子就记住了李权。

李权每次回来，都会斜背一只黄军挎包。在天气好时，他坐在一个马扎上，在自家门前看书，因为他们家住的是平房，一出门就进入到院子里，很接地气，也方便得很。李权一回家就在看书，上午他坐在那里，下午也坐在那里，仿佛从来没有动过窝。李权的哥姐都结婚另过了，他姐姐下乡插队时留在了内蒙古，在内蒙古结婚生子了，很少回来。他的哥哥住在郊区，他哥的单位在郊区，也很少回来一趟，每到周末陪伴母亲，便成了李权的必修课。他用读书陪伴着母亲。中午或晚上，他母亲从屋内探出一颗花杂蓬乱的头，大声地喊他吃饭，他才走进屋内一会儿，吃完饭他就又坐到了门前的马扎上读书。雷打不动，如饥似渴的样子。

后来我们发现，李权每次回来，他的母亲就显得很暴躁，有时站在院里，腰上还系着围裙，挓挲着一双手，梗着杂乱的头颅，喋喋不休地冲李权吵。次数多了，我们终于听明白了吵架的内容，李权都三十多了，还没有谈恋爱，母亲着急，所以就吵来吵去。母亲咒骂李权读书把脑子读坏了，不心疼不体谅她这个老妈了。李权的母亲耳背了，她吵闹的声音就很大，她以为全世界的人都耳背，必须大声说话。母亲吵母亲的，李权仍雷打不动地看书，后来我们发现，李权的两只耳朵都用棉球堵上了，怪不得他眼不见心不烦。

母亲见自己的吵闹没有效果，便采取回忆的方法来感召李权，我们断续地听明白了，李权和哥哥姐姐从小到大，没少受苦遭罪，“三年困难时期”挨饿时，那时李权还小，家里的粮食不够吃，母亲带着三个孩子去郊区农田里捡粮食。李权母亲最经典的一句话我们到现在还记忆犹新：你个没良心的，长大了翅膀硬了，就不听妈的了，想想当年，妈放屁蹦出一粒豆瓣，马上捡起来放到你嘴里，这事你忘了，嘿，你个没良心的，嗯？你忘了……

母亲痛说着革命家史，我们还知道，李权家以前有许多书，挨饿时，用书换饼子吃了，刚开始一本书换一块饼子，到后来几本书换一块饼子。一家人终于活下来了。

后来我们理解李权为什么爱读书了，他是在弥补儿时的遗憾，想把换出去的那些书，再补回到自己的脑子里去。

在20世纪80年代，大学老师是个高尚而又光荣的职业，许多女青年对大学生都景仰有加，更不用说大学老师了。虽然在那个年代李权打扮得有些复古，但也不缺啥，胳膊腿发达健全，眼睛戴上镜子后视力也算良好，可他就不找女朋友，我们不理解，他的母亲更不理解。

每到周末，只要李权一回家，他的母亲便开始数落他的婚姻大事，每次母亲都似说似唱夹杂着哭腔：李权呀你说你三十大几了，咋就让妈这么操心呢，当年挨饿，放个屁蹦出一粒豆瓣都立马放你嘴里，你才没有被饿死，现在你不听妈的话了，为了这个家，妈都操碎了心，妈眼看活不动了，你怎么就这么不听话……

李权显然是个孝子，他母亲这么数落他，让他在众人面前难堪，可他仍然每周都准时回来陪母亲。雷打不动地读书，然后陪母亲吃饭。晚上的时候，在母亲的唠叨声中，他斜背着军挎包，匆匆地走出军区大院，回到他的大学校园。想必回到校园的李权，耳根子就清静了。

后来有许多热心人来帮李权的母亲一起操心，纷纷地把一个又一个姑娘介绍给李权，都是周末的时间，因为只有那时候，李权才会回来。

李权见到热心人领来的一个又一个形态各异的姑娘时，姑娘们都主动热情地和他打招呼，叫一声：李老师好！也有叫李教授好的。总之，姑娘们对李权充满了好感和敬意。李权也回答一句：你好！然后就不理不睬了，把两只棉花球又塞到耳朵里，雷打不动地读书了。

姑娘们一走，李权的母亲就又是一阵哭诉，哭得荡气回肠，声泪俱下，这一切仍没改变李权不婚的想法。

后来有经验的人，开始在背后议论李权，说他是同性恋，对异性没什么感觉，那个年代说起同性恋，有如谈到瘟疫或者传染病一样可怕。不久，一个事实打消了人们的猜忌，说是有个同性恋看上了李权，还专门把李权约到了一个酒吧里，当场表白了自己的爱恋，遭到了李权的一顿暴打，据说门牙被打掉了两颗，还摔烂了两把椅子。后来派出所的人都出动了。这件事传得很快，风一样地传到了我们军区大院。我们对李权的担心就此打消了。

母亲虽然为李权的婚事操碎了心，李权却并没有向母亲屈服，仍我行我素的样子，光头依然锃亮，一件中装穿在他的身上，飘逸得很。时间久了，我们都觉得李权身上有一股非同寻常的气场，我们琢磨了许久，终于有人说：是仙气。我们一致认为这个词用得准确。

仙风道骨的李权在我们眼前飘来荡去，形单影只，后来他母亲得了一场大病，具体是什么病，我们不得而知，总之病得不轻，快不行了。后来，我们听人说，李权母亲咽不下最后一口气的原因是仍然操心着李权的婚事，病痛中她拉着李权的手说不出话，一边流泪一边望着李权。

李权当然明白母亲不咽气的原因，他也流泪了，泪水落在母亲的手背上，母亲的手青筋毕露。

没两天，李权领回来一个姑娘站在母亲的病床前，手里还拿着一张结婚证，结婚证上有两人的照片，盖着钢印。母亲抚摸着结婚证，又拉过姑娘的手，一句话也说不出来，流露出宽慰和开心的笑容。

几天之后，李权的母亲终于撒手归西了，李权的哥哥姐姐都回来了，三个孩子齐心协力地处理完母亲的后事，又各自忙各自的生活了。

半年之后，我们又听说，李权又离婚了。我们这才知道，李权和姑娘结婚，是花一万元钱请的托儿。那个姑娘要去美国，未婚怕人家认为有移民倾向，于是两人一拍即合，办了一张真结婚证，两人却是假结婚，为此，李权还破费了一万元钱。在80年代末，一万元也不是笔小数目了。

我们一直不知道李权不结婚的真实原因，他母亲去世后，我们就很难再见到李权了。

若干年之后，我们在一家社区的图书馆里意外地又见到了李权。李权已经退休了，在这家社区义务地搞起了一个图书馆，所有的书都是他捐献的，一间几十平方米的房间里，四面墙都是书架，中间还有几排，每个书架子上都摆满了书，什么书都有，简直就是一个小型的书店。我们是专门来参观这个社区图书馆的，因为这家社区图书馆办得有特色，成了典型，很多人都来参观。

我一眼就看到了这家图书馆的主人，久未见面的李权。他还是当年的装束，一身中装，圆口布鞋，光头，只不过发楂已经白了几许，眼镜的样式还是圆的。除了老了，仿佛这么多年李权从来没有变过。他已经不认识我了，我说到了以前许多军区大院的事，说到他在门口读书的样子，他母亲数落他，我们这群半大孩子围在一旁看热闹。他想了许久，似乎想起来了，握着我的手用了两下力气。

这家图书馆完全是开放式的，谁都可以到这里借书，门口有张桌子，桌子上放着一个登记本，只要来人登记，就可以把书拿走。经常会遇到有些人借书不还的，李权作为管理者从来也不追究，又从家里搬来一些书，把空下来的书架码齐。

李权不认为这些人是偷书，他说既然借书不还，读这些书的人，一定是爱书的人，既然偷的是学识，这是天大的好事。如果人人都偷学识，他巴不得天天有人去偷。

李权的观点引来阵阵掌声。

这家社区图书馆满满一屋子图书都是李权读过的，如今他退休了，把自己读过的书拿出来与人分享，他因此感到很幸福。

我们一行人参观完图书馆，离开时，我留在最后，我拉住李权一只手，看着他的眼睛，问了句这么多年许多人想问他的话：李权，你为什么一直没结婚？

他的样子很平静，抚了抚滑到鼻梁上的眼镜，说道：我这辈子只对读书感兴趣，人有时一辈子也不一定能干完一件事……说完他笑了。李权真的老了，他笑时，脸上的皱褶堆在了一起，他已经是个标准的老人了。

我走了几步，转头回望李权，李权又俯下身在读一本书了，他读书的样子还似当年，一副雷打不动的样子。

这就是不婚的李权，吃过母亲放到他嘴里豆瓣的李权，读了一辈子书的李权……

无处安放的荷尔蒙

我们这批兵刚入伍那一会儿，正赶上电影《少林寺》热映，一首动听的《牧羊曲》正响彻神州大地。

《少林寺》让中国掀起了一场声势浩大的武术热。于是我们也按捺不住，开始下腰踢腿，让身上的韧带变长，让我们的拳头变硬，这是武术告诉我们的道理。

我的战友圣名是狂热的武术爱好者，当年我们正值十七八岁的年龄，有着挥洒不完的青春和力气，早晨天还没亮就起床了，下腰踢腿，两个月后我们居然能把脚踢到头顶上方了，这说明我们的韧带已经足够长了，接下来就是我们骨头的硬度了。

我们先在连队的小树林里，在树上绑上一层棉花，然后我们的拳头冲某一棵树用力，刚开始我们的拳头打在树上，我们的手猫咬狗啃般地疼，树却纹丝不动。后来，我们的疼痛感渐渐消失，树开始在我们的击打下，哆嗦着身子，震得树叶沙沙地响。我们不仅练拳，还练脚功，只要一有空我们就抱着一棵树拳打脚踢。仿佛树成了我们的冤家和对头。

打来踢去的，我们的拳头已经磨出了茧子，身上的韧带拉伸得也游刃有余了。我们的胸膛变宽变厚，浑身一动，每个骨关节都变得嘎嘎作响，我们孕育了许多使不完的能量。

刚入伍时，我们觉得军营很大，我们练就了一身本领后，立马觉得军营小了，小得已经装不下我们了。

我们会经常在夜里，等到连长指导员查完房后，偷偷翻出院墙跑出去。我们跑出军营也没事情可干，就是顺着大街闲逛，经常可以看到一对又一对恋人牵着手在我们身边走过，散落的姑娘们的气息在空气里游荡，我们就伸长脖子，一双目光跟过去，然后我们就开始评论刚看到姑娘的长长短短。

那会儿，我们对姑娘出奇地敏感，走在街上，我们最想看到的就是姑娘。

偶尔也会见到街角的暗影里，一对恋人在接吻，反反复复，两个身子磨来蹭去，看得我们心里也跟着火烧火燎的，心里酸溜溜的不是个味儿。

有一次，我们在一家名字叫小红的饭店里，看到了一个有几分姿色的姑娘。我们一边喝酒一边和姑娘聊天，知道她就叫小红。小红一边和我们说话，一边笑，她一笑一双眉毛就弯下来，很好看的样子。于是我们就不停地和她说话，逗得小红不停地笑。

这家小饭馆里，有两个服务员，除小红外还有一个年龄大一些的。那姑娘长得有点黑，似乎不爱说话，我们和小红开玩笑时，她在一旁不是扫地就是抹桌子，仿佛没听见我们说话一样。有时还把脸子掉下来，我们说话她很不开心的样子。我们不理她，专心地理小红。小红陪我们说话，我们就很开心。

天很晚了，我们是半夜溜出军营的，饭馆没什么人，快打烊了。吃饭的人就我们一桌，其实我们就是喝几瓶啤酒，点俩凉菜，喝酒吃菜不是主要的，我们觉得和小红姑娘说话，比喝酒还要让人快乐。

我们正和小红天南地北地贫着，突然后厨里走出几个年轻人来，他们站在一旁，很不高兴，甚至敌视地望着我们，我们和小红聊天的气氛就受到了破坏。都是年轻人，胸膛里的血都一涌一涌的，见有人敌视我们，我们也不甘示弱，尤其是在小红面前，我们把啤酒瓶子蹾得山响，并用眼神挑衅地望着后厨出来的那几个年轻人。

其中一个高个小子指着我们说：想喝酒就老实点儿，不想喝就滚蛋。

他的这句话显然刺激了我们，太不友好不说，简直充满了敌意和挑衅。圣名操起了一个啤酒瓶子，咔嚓一声在自己的腿上砸碎了，举着半个瓶子，呼哧呼哧地望着后厨的年轻人。他们没扑向我们，转身又消失在了后厨，这当口小红就冲我们说：你们快走吧，这顿饭不要钱了。

小红显然怕我们打起来，我们当着小红的面，怎么可能灰溜溜地逃跑，那样只能证明我们无能。在闲聊中，小红已经知道了我们的身份（我们出门时，穿了便装），我们怎么能给解放军丢脸，于是我们没动窝，大义凛然地喝酒。

那几个青年又从后厨冲出来，有的拿着杀猪刀，还有的拿着木棍，一见这个阵势，我们都站了起来，我们没有别的武器，只有啤酒瓶子。我们两拨青年人就对峙起来，双眼血红，视死如归，一场恶战一触即发。

小红突然站在我们两拨人中间，喊了一声：不要打架！

她一边往外推我们，一边拦着那几个年轻人，我们一松动，那几个人就冲出了小饭馆，嘴里谩骂着，同时挥舞着手里的家伙。我们毕竟顾及我们的身份，怕把事情闹大，谩骂一阵之后，我们就撤了。身后是那几个小子嚣张的叫声，还有小红低低的劝慰声。

那一次，我们觉得丢了人，蒙受了奇耻大辱，回来后，圣名又跑到了小树林里，冲着树撒气，把一棵又一棵树踢打得浑身发抖。我们心里都憋着一团火。

两天后的一个傍晚，我们又出现在叫小红的那个小饭馆门前，我们没有走进去。正是吃饭时间，屋里有好几桌客人，小红和另外一个姑娘忙活着。我们从各种角度观察着小饭馆，也观察着小红。我们在小红面前丢了人，这次同样要在小红面前找补回来。我们在等待下手的机会。

天又晚了一些，机会终于来了。那个高个男青年嘴里叼着烟，出来去上厕所，我们凑过去，等他从厕所出来时，圣名一个飞腿踢过去，上去又补了一拳，那个男青年显然是个软蛋，这一脚一拳他就招架不住了，哀号一声，倒在地上。

饭店内的人听到了外面的动静，都往外面看。小红显然看到了刚才那一幕，她大叫一声向后厨冲过去。

在这空当，那个男青年想挣扎着从地上站起来，后来又被我们补了几脚，他彻底不动了。

后厨又冲出几个人来，有的拿刀，有的提着木棍。不管拿刀的还是提木棍的，刚冲出饭店门口，我们就各自选择对象，几拳几脚就把他们放倒了，然后我们打一声口哨，转眼就冲进了黑暗之中。

这场突袭的胜利，让我们充满了快感。事后我们回忆，这场胜利，小红一直站在一旁，她目睹了整个过程。我们这才觉得，终于挽回了颜面。一场干净漂亮的歼灭战，让我们兴奋了好长时间，我们兴奋了一路。直到走到营区门口，发现连长站在门前，正黑着脸看我们。

我们没请假就外出，显然触犯了纪律，我们低着头站在连长面前。连长严厉地说：回去睡觉，明天再找你们算账。

我们于是灰溜溜地在连长面前消失了。

第二天一大早，也就是在我们出操刚回来的时候，我们营院来了一帮人，这一帮人抬了两个担架，抬担架的人我们不认识，但我们认识人群中的小红。我们这才知道，我们闯了大祸，人家找到部队来了。这群人一进门，便围在连部门口，吵吵嚷嚷。

突然，连长出现在我们宿舍里，我们一时不知如何是好地望着连长。连长就说：给你们三个人一个任务，马上，立即跟司务长上街买菜去。

我们似乎明白了什么，开门准备出去，连长一把拉我们回来，指了一下窗子，我们明白了，从窗子鱼跃而出。

我们陪司务长买菜回来时，已经是晌午了，快到做饭时间了。整个营区静悄悄的，像什么也没发生过一样。

回来后我们才听说，那些人在连队闹腾了好一阵子，后来连长吹响了紧急集合的哨子，除了我们几个之外，所有的战士干部都列队站在了这些人的面前，那个叫小红的女子依次辨认了，并没有发现我们几个，那几个男人心有不甘，又挨个把我们每间宿舍看了，甚至厨房、仓库也看了一遍。没有找到证据，那些人抬着两个担架走了。

显然，这次是连长救了我们。

那天，连长又来到我们宿舍，我们集体起立，毕恭毕敬地站在连长面前，连长看了我们半晌，瓮声瓮气地问：你们记住了？

我们答：记住了！

他又问：你们明白了？！

我们齐齐地答：明白了！

连长哼一声，转身走了。

在那一瞬间，我们心里充满了感动。许多年过去了，我们仍然记着连长的名字，他叫：葛千里。

从那以后，我们不再违反纪律了。

后来，我们又有机会途经小红饭馆门前，我们连眼皮都不再抬一下了。我们知道，那个叫小红的姑娘还在那里，可她和我们已经没有任何关系了，关键时刻是她出卖了我们。一想起这些，我们心里就空落落的。

我们青春的能量仍在身体里呼呼燃烧着，无处释放时，就跑到连队院内的小树林里冲一群树使劲，弄得一群树一抖一抖的。我们在街上看到漂亮姑娘，就打几声尖厉的口哨，有时姑娘望望我们，有时连看也不看。

那会儿，我们最大的愿望就是，期待早日复员，回到家乡，找个姑娘好好谈一次恋爱。

三块钱的白球鞋

小学五年级下学期时，我们学校来了一个体育老师，这个老师的名字叫马驰，二十多岁，头发很长，总有几缕搭在眼角，他为清理眼前的头发，头总是一甩一甩的。因为他是体育老师，总穿一身运动服，运动服的颜色是蓝色的，领口袖口带着白边，运动鞋也是蓝色的，鞋边也是白的，因此，体育老师马驰在我们眼里样子非常潇洒，很运动。

每次上体育课，总会招惹得一群班里的小女生大呼小叫的，以前我们从来没见过我们班的女生如此矫情造作过。以前，教我们体育的是个五十多岁的男老师，每次上体育课，这些女生不是腿疼就是肚子疼，以此逃避上体育课，上体育课便成了我们男生的专利。年老的体育老师似乎精力不够用了，每次上课都会扔给我们几只球，不是篮球就是足球，让我们放羊式地玩。他自己则坐在操场上，眯着眼睛看太阳，似乎快睡着了，头还一点一点的。后来这个体育老师就退休了，来的新老师就是马驰。

马驰的到来，让我们班的小女生一下子就热爱起体育课来了，每次上体育课，这些女生似乎还精心打扮一番，有的扎上了红头绳，有的穿上了新衣服。整节课她们都叽叽喳喳，围着马驰问这问那，没完没了。

五年级的我们，对这些同样大小的小女生没什么兴趣。我们喜欢上美术课，美术课的老师叫桃子，也是二十出头。桃子老师长得就像她的名字一样，整个人都是圆乎乎的，不笑不说话，说话的声音也很好听，一股水蜜桃味。我们班这些小女生跟桃子老师相比简直不值一提。这些不起眼的女生却偏偏喜欢体育老师马驰，我们一点也不嫉妒，甚至觉得非常可笑。

马驰老师家是外地的，住学校职工的集体宿舍，我们每天早晨上学时，都能看到操场上马驰的身影，他不是跑步就是在练习单双杠。青春的身体在校园里无处不在，仿佛学校里来了一个体育老师，人一下子多了一半。

不上体育课时，我们也会经常见到马驰的身影，一身蓝色运动衣裤，头发一甩又一甩。我们男生都觉得马驰这个老师有点嘚瑟和嚣张，多多少少地对他并不怎么喜欢，究竟为什么不喜欢，我们这些男生也说不清楚。

有一天，有个同学公布了一条爆炸新闻，说是星期天，在电影院里看到马驰和桃子老师了，两人一同去看电影，说出来的时候，还见两人拉了一下手。这条消息不亚于一枚原子弹在我们男生中炸开了。马驰居然和桃子老师好上了，这让我们无法接受，我们那么喜欢的桃子老师居然看上了马驰，这让我们感到有些不可思议。

从那以后，我们开始观察桃子老师，果然她和马驰老师的关系不一般，两人经常出双入对，桃子看马驰的眼神也不一样起来，说话的声音更动听了，笑起来也更好看了。美术和体育相差十万八千里，两个人怎么能扯到一起呢？我们不解，我们生气，替桃子老师不平。

从那以后，我们这些男生集体不爱上体育课了，准确地说，不爱上马驰老师的体育课了。每次上体育课，我们男生都吊儿郎当的，不听马驰的指挥，他让我们往东，我们偏往西，气得马驰直翻白眼。

转眼到了春季运动会，运动会要求每班都要选出一些人来参加，代表各个班走列队，体育好的学生还要参加各类比赛项目。我是班里的体育委员，这种活动肯定落不下我。

学校每次召开这种运动会，都要统一着装，学校没有钱，运动服是统一定做的，开运动会时，参加的人每人发一套，开完运动会还要交上去，下次运动会时再用。只有鞋要自己交钱，依据号码大小由学校统一购买，参加完运动会，鞋就归自己所有了。

因为要参加运动会，母亲给了我三块钱，这是学校要求的钱数。以前参加运动会我没有什么异议，因为是体育委员，在班里的体育项目上，要起模范带头作用。可这年的运动会，因为马驰我一点也不想参加。母亲给我的三块钱在我兜里放了好几天，我就是迟迟不愿意把钱交给马驰，其他同学也一样，别别扭扭，掩来躲去的。包括张棉远和朱革子这爷儿俩，最后在马驰的一再催促下，才不情愿地把买鞋钱交给了他。张棉远还讨好地对我说：马驰找了我六回了，不交不好意思了。我白了眼张棉远，并没有说话。

我一直没把买鞋的钱交给马驰，他每次问我要钱，我总是说：忘管家长要了，等明天再交。等明天见到马驰，我仍然是这句话，弄得马驰很不耐烦的样子。他越不耐烦我越开心。

后来，我带着几个同学，买了一瓶果酒和一袋饼干，正好花完买运动鞋的那三元钱。我和几个同学溜到学校后面的小树林里，一边喝酒一边吃饼干，这是我第一次喝酒，那几个同学喝了酒显得很兴奋，朱革子借着酒劲结巴半天说了句：要、要……要不……不咱……咱揍马驰一顿好、好……好不好？我白一眼朱革子，没搭理他。

我们一边说着仇恨马驰的话，一边把酒和饼干吃完了。

一直到学校召开运动会，我也没把买鞋的钱给马驰。马驰最后还是发给了我一双运动鞋，说心里话，那双运动鞋在当年我们眼里还是很奢侈漂亮的，白色的鞋面，绿色的鞋底，穿着它很轻盈也很帅气。参加运动会的男生们，每个人都有做了马驰的感觉，很运动也很潇洒。

我穿着那双轻盈的运动鞋，走了入场仪式，又参加了一百米和二百米的短跑比赛。我得了一个冠军和一个亚军，惹得一帮小女生站在终点线上拼命为我加油鼓掌。我不稀罕这些小女生为我加油打气，我只在乎桃子老师，果然我看到了她，她站在学生后面，冲我微笑着，我仿佛又闻到了水蜜桃的气味。

从召开完运动会那天开始，只要马驰见了我，就要那三块买运动鞋的钱，我翻着白眼爱搭不理地说：忘了向家长要了，再等等。我每次都是这句话和这个态度。为了这三元钱，那双鞋我都不好意思穿到学校来了，只有在放学回家后才换上。

马驰差不多要了一个学期，每次见我，我都是那几句对话，他一副没办法的样子，我却开心无比。在这学期里，我们又有同学看到马驰和桃子老师在逛街，有时拉手，有时还走进电影院看电影。一想到美好的桃子老师和马驰在一起，我们这些五年级的男生就难过万分。

暑假之后，我们这些同学升入到了初中，初中和小学不在一个学校，我们不仅离开了小学，同时也告别了桃子老师。对我来说，我也摆脱了马驰老师不厌其烦地向我要那三块钱。上了初中的我们，一想起桃子老师会继续和马驰在一起，我们心里就很惆怅。

一晃又一个学期过去了，记得刚放寒假，雪下了一场又一场。有一天，突然有一个同学跑到我家告诉我一个惊人的消息：马驰和桃子老师被学校开除了。

我吃惊地问：为什么？

那个同学说：他们非法同居，被学校革委会主任堵在一个被窝里，两人就被开除了。

听到这个消息就犹如五雷轰顶，我拉着那个同学跑到我们的母校。小学也放假了，大门锁上了，但大门上贴了一张告示，那张告示写的就是开除马驰和桃子老师的内容。我跳起脚，把那张告示撕了下来，又一甩手扔到雪地里。不是为了马驰，而是为了桃子老师。

我们上初二的时候，有人说马驰参军了，去了南方的一个军区。他因为年龄超了，是走后门才参的军，桃子老师一直没有消息。

我们读高一那年，是 1979 年，就是那一年在南方边境上，一场对越自卫反击战打响了。那年暑假，我们才听到关于马驰的消息，他牺牲在那场战争中。我们相信马驰成了烈士，可是我们还是没有桃子老师一星半点的消息。

高中毕业后，我参军了，那是 1981 年的 10 月。

又是许多年过去了，关于马驰和桃子，在我们同学聚会时，偶尔还会有人提起。除了以前的消息，没有半点新消息。

又是许多年，我仍然会想起马驰，还有那双运动鞋，想起这些时，心里怎么都不是个滋味。我在心里无数次想过，如果这会儿我能够再见到马驰，我一定还给他那三元钱，不，是三万块。

可惜我再也见不到我们的体育老师马驰了。

一身镶着白边的蓝色运动衣，一双蓝色运动鞋，长长的头发遮在他的眼角，于是他就不停地甩头，潇洒的马驰，年轻的马驰……

一兵一狗一座山

老兵姓胡，在通信站当满两年兵后，就被派到离通信总站有几十公里的一座山上。那是附近最高的一座山，为了保证通信质量，通信总站在那座山上设了一个电话功率加载机房。天南地北的军用电话线都在这里交错汇集，加大功率后再次清晰地传输到军营、军区，甚至北京的军委。因此，胡老兵坚守的通信加载机房工作很重要。

胡老兵上山前，领养了一只狗，狗是小狗，刚出生只有两个月的时间。首长考虑到山上工作单调，有一只狗相陪也是个不错的选择，于是就同意了。

胡老兵一上山就是八年，狗也满八岁了。胡老兵在山上八年的时间里，一共下过两次山，都是休假探亲。第一次下山十五天，回家时谈了一个女朋友，时隔两年后，又下了一次山，和女朋友结了婚，那次他在家住了二十天。

其余的时间里，山上只有胡老兵和那只狗，胡老兵给狗起了个名字叫老曼。

一兵一狗闲下来时经常蹲在山头上，望周围茫茫林海，也望通往山下的那条小路。小路弯了又弯，曲了又曲，曲曲弯弯地通往山下。十天半月的，会有通信站的兵顺着山路爬上来，驮来十天半月的柴米油盐，这就是胡老兵和老曼的日子了。

车开不到山上，只能停在山下，然后有兵驮着东西爬三四个小时的山，把胡老兵和老曼的东西放下，喘口气，喝口水，又匆匆地下山了。如果不早点撤离，天就黑了，下山就会有危险。每次有兵上山时，都急匆匆的，没和胡老兵说上几句话，就连滚带爬地走了，兵们在和日头拼速度。

胡老兵和老曼最开心的事就是有兵上山，那一刻是山上最热闹的节日。胡老兵把茶沏了，凳子也摆好了，老曼一见胡老兵这样，也上蹿下跳的，一会儿向山下跑一程，一会儿又跑回来，胡老兵就跟个首长似的一挥手道：老曼你再去接一程。

老曼得到了命令又颠颠地往山下跑去，终于接来了两个汗流浃背的兵。老曼前跳后蹿异常兴奋，仿佛这一切都是它的功劳。胡老兵也趔趄着脚步，又是倒茶，又是抹凳子，安顿两个兵休息。

上山的兵先从口袋里掏出老胡的来信，还有这十天半个月的报纸，他们囫囵着把茶水喝下去，抹一抹嘴，又看一眼偏西的太阳，说：那啥，胡老兵，我们得走了，再不走，太阳都没影了。

他们说完慌慌张张地往山下跑，胡老兵和老曼又颠颠地往山下送。在这个过程中，胡老兵一句又一句地问山下兵这呀那的，兵就囫囵着答。

山路弯了几弯，转了几转，胡老兵就不能再送了，山上还有工作，那是他的阵地，他不能擅自离开阵地。他立住脚，老曼也立住，他冲来的兵告别，挥着手喊：小张，慢点呀，别崴了脚，看清脚下的石头。小李，别慌，慢一点，再见了……

兵转了个弯不见了踪影，胡老兵和老曼垂头丧气地往回走。

山上的日子又如初，一座山，一个兵，一只狗。

通信加载室内摆满了机器，亮着红灯绿灯，胡老兵早就能驾驭它们了。每个开关的功能，何时需要加载，又何时减载，甚至有些故障他也手到病除，他熟悉这些机器就像熟悉山上的每棵树、每块石头、每棵草一样，一切都在他的心里。

每天晚上八点，是通信总站话务排交班的时间，交班前为了保证每条线路都能够畅通无阻，都要和胡老兵试线。试线就是通话，测试通话质量。

话务排都是女兵，她们有着各自的代号，比如洞拐、洞陆、两三、幺洞等等，每个代号就是每个人。胡老兵也有自己的代号，他的代号是洞洞，也就是两个零。他一直觉得自己的代号不好听，洞洞，就是两个窟窿，但这都是上级安排的，不好听他也认了，洞洞就洞洞吧。

每次交班通话时，这些女兵的声音都很甜美地传来：洞洞，听到请回答。

胡老兵就说：洞拐听到，声音完好。

洞拐再道一声谢，然后下线。

然后又是两三的声音，他又答：一切正常。

两三又下线。

……

各条线路都测试过了，女兵们都下线了，然后会有另外一拨女兵接班，坐在差转台后面接转各种重要或不重要的电话。

胡老兵在遥远荒凉的山上，望着眼前冰冷的机器就想象着电话那头女兵的样子，话务员们上岗前都经受过严格的训练，就像她们的声音一样，甜美而又格式化。如果耳功不好，甚至分不清她们谁是谁。胡老兵接听她们电话时间长了，还是能分清楚她们的。洞拐声细，像一个没长大的孩子；两三声音稍粗点，说话声音很有磁性；幺洞比较中性……

他听着她们的声音，想象着这些女兵的长相，是高是矮，是瘦是胖，他一一地想过了，渐渐地，他对她们的形象就有了自己的想象。洞拐瘦小一些，年龄也小；两三个子不会太高，略胖一点，一定会有双大大的眼睛；幺洞一定是短发，干事风风火火，像个男孩子……在胡老兵的想象里，她们灵动起来，一个又一个在他面前做鬼脸和他开玩笑，这是胡老兵最幸福最快乐的时光。

他当满四年兵后，第一次回家探亲，家人就张罗着给他介绍女朋友，他一口气见了好几个，不是这些女孩子不好，完全是因为这些姑娘的声音不够甜美，比那些话务女兵差远了。最后他见了一个叫亚莉的女孩子，是亚莉的声音让他中意了，他闭上眼睛去听，亚莉的声音像极了那些话务员的声音，于是他和亚莉订婚了。

两天后，他就归队了。

在以后的两年时间里，他开始和亚莉通信，半个月时间里，他会写七八封信，想起什么就写什么，说自己，说老曼，说山上的树、石头还有夜晚的星星，总之，胡老兵把自己的生活一股脑儿地诉说给了亚莉。

山下的兵上山送给养时，他让这些兵把这些信捎下去，寄走。下次有兵再来时，也会同时给他捎来好几封亚莉的来信，他一封封地读，没有人来的十天半月里，他就靠着读亚莉的信打发着时光。

有时他一边读亚莉的信，一边想象着亚莉像哪个话务员，想来想去，觉得亚莉的声音很像两三的声音。这种想象让两三在他心里具体起来，他甚至分不清亚莉和两三了。

两年后他又一次探亲休假，在这个假期他和亚莉结了婚。住满二十天后，他又回到了山上。和亚莉联系的唯一方式仍然是写信。后来亚莉告诉他，自己怀孕了，自己又生了，是个男孩，后来，还给他寄来了一张儿子的照片。从那以后，亚莉每隔一段时间，就会把儿子的照片寄给他一张，胡老兵专门为儿子准备了一个相册，里面摆满了儿子的照片，有儿子刚出生的，有满月的，有半岁的……现在儿子已经两岁了，儿子的照片有几十张。这是儿子成长的履历。

天气好的时候，他坐在山头上太阳下面，懒洋洋地翻看儿子的影集，老曼蹲在他身旁，他看儿子，老曼也跟着看。他说：这是我儿子，叫胡中秋。儿子是中秋节那天出生的，胡老兵就给儿子取名叫胡中秋。

他一边说一边看儿子照片，老曼认真地看，老曼看一阵照片，又看一眼胡老兵。胡老兵就搂了老曼的脖子，拍着老曼的脑袋说：老曼你跟我上山八年了，你也是个老兵了。

老曼就伸出舌头舔他的手，也舔他的脸，发现胡老兵眼角有泪流了出来，忙用舌头舔去。胡老兵就又拍拍老曼的头，说：老曼哪，这个世界上，你最了解我。

老曼是胡老兵看着长大的，刚上山那会儿，老曼才两个月，它彻夜哀叫着，寻找着它的同伴。胡老兵用尽了各种办法安慰老曼，它一叫他就起床把它抱在怀里，像抱着哭泣的孩子，他精心地为它熬粥喝，一边拍打着老曼，一边还给老曼哼着歌。慢慢地老曼长大了，和胡老兵一样习惯了山上的生活。

一兵一狗便成为山上的一道风景。

从胡老兵上山那天开始，他就把老曼当成了自己的战友，一兵一狗睡一间宿舍，他躺在床上，狗卧在地上。夜半，外面有时刮风，或者有一些动物出没，老曼就紧张地立起身，冲外面大叫。胡老兵起床，摸起床边准备好的一根木棍，把门打开，老曼率先冲出去，站在清凉的夜空下，有老曼壮胆，胡老兵提棍在手，也立在夜空下。他和老曼会看见一只动物快速地逃走，老曼追过去，他喊老曼回来，复又去关门。躺下一个人，卧倒一只狗。人与狗便过着这相依相伴的日子。

胡老兵吃什么，就给老曼吃什么。每次胡老兵做饭，老曼都会蹲在一旁看着。饭好了，胡老兵热气腾腾地端上桌，老曼就半立在胡老兵面前，等着开饭。胡老兵掰下半个馒头递给老曼，老曼吃一半，胡老兵吃另外一半。

晚上八点之后，总站话务排的女兵交完班，胡老兵也算下班了。他走出机房，后面跟着老曼，一兵一狗，一坐一蹲，在山头上。天上的星星们很热闹地挤在一起。胡老兵就望着星星说：老曼，你说洞拐和两三谁更漂亮。

老曼望着胡老兵哈哈地算是应了。

胡老兵就拍拍老曼的头，他又想起了亚莉还有儿子胡中秋。他起身进门，走回宿舍，坐在桌前开始给亚莉和儿子写信。

在胡老兵上山待满八年后，他已经是十年的老兵了。他在山下工作过两年，受过两年的通信兵培训。也就是胡老兵当满十年兵后，那年的秋天，胡老兵被宣布复员了。

胡老兵带着老曼从山上下来，回到了通信总站。八年的山上生活，胡老兵被总站评为八次通信标兵，立过两次三等功，也算是通信总站的有功之臣了。胡老兵马上就要离开通信总站了，总站的首长问胡老兵还有什么要求，例如逛逛城市、洗洗澡、看几场电影，享受一下正常人的生活。这一切，通信总站的首长都会满足的。胡老兵却没有提这样的要求，他只羞涩地提出了一个要求：希望能见一下话务排那些女兵。在这八年时间里，话务兵已经换了几茬了，他和这些女兵们通了无数次的话，却从未谋过面。他此时最大的愿望就是能见下这些不曾谋面的女兵。

总站领导对胡老兵的要求有些诧异和不解，但还是很快把话务排的女兵集合了起来。他站在一排女兵面前，这才发现这些女兵都要比自己小好多。他从队伍走到队前，先是向排头的一个女兵敬了个礼，说一句：洞洞向你告别。然后伸出手去握女兵的手。女兵们依次向胡老兵报出了自己的代号，胡老兵依次把她们记在了心里，她们的长相和胡老兵的想象，有的吻合，有的相差十万八千里。这些女兵有瘦有胖，有高有矮，但在胡老兵的眼里个个鲜活漂亮。胡老兵在和女兵们告别时，老曼就蹲在他的身后望着这一切，见证着一切。仿佛，它也在向这里告别。

胡老兵最后举起手，向话务排的女兵告别，女兵们也向胡老兵敬礼告别，她们齐齐地喊：洞洞再见！

胡老兵的眼泪流下来了，他狠狠地把脸上的眼泪抹去，大步离去。

离开军营前他带着老曼找到了连长，他把老曼托付给了连长。老曼虽不是在编的兵，但它毕竟是吃着军粮长大的，自然也应该算为军产了。他复员了，老曼自然要移交给连队了。连长答应胡老兵，一定会对老曼好，山下不能养狗，过几天再把老曼送回到山上去。

胡老兵让连长把老曼抱好，他背起行李，走向军营门口。走到军营门口时，胡老兵回了一次头，他看见老曼在连长怀里挣扎着。连长脸红脖子粗地用力抱住老曼。

胡老兵不敢再看了，转过头，忍住泪大步向火车站走去。

胡老兵走后的第二天，老曼在上山的途中跑了。

连长派人山上山下地找了两天，仍没见老曼的身影。

胡老兵复员一个月后，连长突然接到胡老兵发来的一份电报，电报原文如下：连长，老曼已找到我，无论如何赶它走，它仍不肯离开。如何处理老曼，请指示！

连长随即给胡老兵发了一份回电：老曼和你感情深厚，它跋山涉水能找到你，可见它的真诚，老曼归你养，一切顺利！

至此，胡老兵的故事才算画上了句号。

寻找英雄

军旅文学发展到当下，已处于历史的最低谷时期。环顾最近几年的军旅文学创作，能够代表军旅文学这杆旗帜的作品几乎没有。相反，一些打着军旅文学和影视作品幌子的作品，却在市场上大肆泛滥，大有成灾之势。

以网络为代表的所谓军旅文学，为了吸引眼球，追求新猎奇，作品没有主题，没有人物，更没有符合逻辑的情节。把战争当游戏来写，把军人当作神话人物，不接地气，不尊重历史。

影视作品更是离奇百怪，手撕鬼子，手榴弹炸飞机，裤裆藏雷，更是屡见不鲜。作品创作到这种地步，已和军旅文学和影视毫不沾边了，完全是一场杜撰的游戏。剧中人要么就是神仙，要么就是疯子。

这些作品的炮制者，大言不惭地说：因为市场需要，读者和观众需要。出品方追求的经济效益，本身并没有错。可我们的良知和道义责任又去了哪里？

文学艺术，她是人们的精神食粮，应该崇高美好。她肩负着引领大众精神世界的责任。如果文艺不能承载道义，就失去了其功能。而我们当下的文艺和影视作品，恰恰反其道而行之，不去追求崇高，相反去迎合谄媚市场。把市场所需要的当成炮制低俗作品的理由，忘记了责任和担当。在这一过程中，我们的出版单位和电视网络平台，为了迎合市场，让这种三无作品登堂入室，起到了推波助澜的作用。把效益当成了首位，把市场作为一切行为的理由，恰恰放弃了文学艺术坚守的原则。

市场本身并不是件坏事，没有经济的支撑我们国家和民族就不能得到发展，但文学艺术首要追求的责任和义务，要大于经济效益。这是文学艺术独特的属性所决定的。

十几年前曾影响军旅文学和影视创作的作品中，例如《激情燃烧的岁月》中的“石光荣”，《亮剑》中的“李云龙”，《历史的天空》中的“姜大牙”，这些军人的形象曾被人们津津乐道。军人敢于亮剑的精神，依然在感染着我们。这种贯通我们血脉的英雄主义是多少物质利益也无法衡量的。

可惜的是，如果把这些作品放在当下，出版社、电视台甚至很难出版或播出。他们的理由是：这类作品写得不狗血、不热闹、不神话。市场颠覆了我们的创作。

当下的出版和影视市场，把娱乐至死的精神放大到了至尊的地位，什么文以载道，责任义务统统抛之于脑后。他们看到的是眼下的“即得”利益，儿孙的成长、民族脊梁的建筑与己无关。

军旅文学核心的审美价值观是英雄主义，中国的四大名著其中有三部作品都是成功地塑造了英雄才流传于世的。人们崇尚英雄的情结永远不会停止。人们会因为英雄而热血，而流泪，而血脉偾张。从古代到近代再到我们当下，无不如此。

即便是在和平时期的当下，在突发事件中，人们多么希望有一个人像英雄一样从人群里站立出来，发出一声呐喊，以正义的名义带领民众向暴力和邪恶大吼一声：不！民族需要这样的英雄领袖。如果世界变成那样，几个暴徒、恐怖分子何以这么猖狂？试想，二十几年前，几十年前，我们的社会以英雄为自豪的年代里，怎能容下这几个暴徒和恐怖分子如入无人之境地滥杀无辜。

我们的平民英雄在渐渐消减，虽然我们心底里异常渴望英雄，但英雄已渐渐远离我们而去。人们把谈论英雄当成了一件不齿的事情，一副事不关己、过好自己小日子的心态。

英雄之所以被称为英雄，就是我们常人在关键时刻无法站出来的时候，他们能站立起来，用自己的血和生命捍卫公平和正义。

英雄的养成和塑造与贫富没有关系，而是骨血的形成。这种骨血的建构是在我们的精神世界才能够完成的。影响我们精神世界的，就是我们的文学艺术作品。

军旅文学艺术工作者，应责无旁贷地担当起这份责任和道义。如果一个艺术家心中没有英雄，在我们的笔端又如何塑造出英雄？正确的价值观艺术观在指导着我们的创作。我们的心中不只装着名利，更多的还应该装满我们的责任和使命。

一个艺术家在艺术的道路上能够走多远，就看他（她）的情怀有多大。作品是艺术家的生命力和价值的体现，逆流而上，也许在某一时刻并不被认可，但是只要你坚持正确方向，先从改变自我做起，渐渐影响更多的人，你作品的真实价值才得以完美地呈现。艺术家的最基本的良知就是不随波逐流。如果一味地去迎合某种人的心态或者迎合市场，那么你将沦为艺人、手艺人，和艺术家的称号毫不相关。

许多军旅作家艺术家，最大的困惑在于不知如何书写英雄，该写的早被人写过了，恨自己生不逢时。这是所有作家所困惑和纠结的，每个年代的作家都会有这种困惑。作家的存在价值在于个体的生命体验，世上所有题材和类型人物都被前人或同辈同行所写过了，自己不知如何下笔，甚至找不到自己的领地。文学作品之所以存在，就是因为我们不同时期的作家，有了自己个体的不同生命感受，才使得我们作品鲜活亮丽。

我们每个作家在现实生活中，许多生活感受都是相同的，甚至是相通的，但肯定有一部分是属于自己和别人不相同的部分，只要作家把这一部分展现出来，这就是你的价值和存在的意义。作家的意义不是找到相同点，而是寻找那一个不同点。

我们对英雄的概念认识是相同的，但我们心中英雄作为个体的那个人，我们的认知肯定会有不同之处，于是你创作的英雄和我描述的英雄就会有变化差异。

军人作为一个特殊群体，首先是由一群又一群普通人构成的，之所以说特殊，是因为军人的责任和义务有别于常人。作为军旅作家，首先要热爱这支部队，情感、骨血要和这个集体紧密相连，只有如此，我们才能饱含深情地进行创作。就如同书写我们的父母、兄弟姐妹，他们的喜怒哀乐就是我们心中的阴晴雨雪。同时，我们还要有一个能装纳国家和民族的心怀，不要一味地抱怨指责，国家、民族只是一个概念，一代又一代，由我们的祖先和现在的我们每个个体所组成，当我们不满甚至骂娘时，其实都是对我们自己的不满和发泄。想改变这一切，我们每个人都有责任。

书写温暖、光明和希望是作家永恒的主题，军旅文学对英雄的礼赞是军旅作家写不尽的话题，让我们笔下的人物多份真情、崇高和美好，给这个世界多留一份希望，这才是我们作家的真正使命和义务。老兵不死，英雄不倒，这才是军旅文学的核心价值。

英雄年代

生于20世纪五六十年代的人，是在英雄故事陪伴下成长起来的。

杨靖宇、赵尚志、秋瑾、刘胡兰、董存瑞、黄继光，甚至许多年以后，我们仍念念不忘的雷锋。这些英雄是我们这代人人生信仰的坐标，是一个时代的偶像，热血呼唤激情，我们有幸成长在有英雄有梦想的年代里。

这是那个年代的文艺作品留给我们的精神食粮。这些英雄们的事迹，感染了一代人的理想和抱负，许多初入社会的学生，就是抱着成为英雄的梦想走入社会走入军营的。在他们人生的履历中，虽然没有个个成为英雄，但英雄成为他们人生的坐标，他们用热血和青春为之努力奋斗过，无怨无悔。

任何一个国家和民族，英雄都是他们的图腾。从古希腊神话到我们上古时期流传于民间的故事，无一例外，民族英雄都成为故事的主角。英雄的核心标志，就是超出我们常人的那部分人，他们流血流汗乃至牺牲自己，都是为了拯救人类，让我们人类感叹唏嘘，并为之振奋。

我们人类渴望被正义的火把点燃，呼起熊熊之火点燃整个世界。

当今世界，任何人的成长经历都离不开读书，读书让我们获取认知世界的知识，同时寻找到精神安慰剂。书便成了我们生命中重要的一部分。我们从小到大，选择读什么样的书，便成了我们人生定位的一次选择。一生中能读到几本好书，成了我们生活中的幸事。有时一本书就能改变我们的一生。

我们小时候，不仅爱看英雄故事，更爱看战争片。《地雷战》《地道战》《南征北战》《平原枪声》成为我们百看不厌的经典影片，甚至电影没开演我们都能背诵出里面的许多经典台词。但电影每次播放，里面的故事和人物还是深深地吸引着我们。战斗场面里的硝烟战火，还有嘹亮昂扬的军号之声，让我们一次又一次地精神振奋，甚至每个汗毛都会竖立起来，归根结底是英雄的力量让我们满血复活。

我们向往那个英雄辈出的年代，在那个年代影响熏陶之下，当一名军人成为我们人生最大的理想。当有一天，我们如愿穿上军装走进军营时，才发现世界早已经和平了，甚至国家的周边局部战争都不曾发生了。

和平时期的军营是寂寞的，忍而不发，练而不打。英雄的梦想只能马放南山。这是许多怀有英雄情结的人的集体失落。英雄是为战争而生的一批人，没有了战争，英雄便没了用武之地。

在我创作父亲系列小说时，就是怀着这样对英雄的遗憾而完成的，后来小说被改编成电视连续剧《激情燃烧的岁月》《军歌嘹亮》等作品之后，观众在石光荣、高大山这些人物身上找到了共鸣，曾经战场上的英雄在和平年代，他们的生活态度成了一个热议话题。在这种共鸣中，我对英雄又有了更进一步的理解和认识。英雄不仅仅是在战斗中那一瞬间的舍生忘死，超凡脱俗才称其为英雄。衡量英雄还有一把重要标尺，那就是精神气质。他们在日常生活中对待生活的态度同样具有吸引力，也就是他们练就的人格魅力，这种力量放到我们日常生活中，同样会感染我们，吸引我们。

文学即人学，任何文学样式其实都在书写着我们的人生。当我们想探究人生和人性时，文学便诞生了。作家的笔下，给出了人生的一种可能性。

凡是经典的作品，我们阅读多年后，留存在我们脑海里的不是故事，而是人物。甚至我们都忘了作品的名字，但我们记住了主人公的名字，这就是文学的力量。

军旅文学的核心价值观，当然是英雄主义，没有英雄主义的军旅文学，不能称其为军旅文学。没有战争硝烟洗礼的军旅文学如何吸引受众，成为我们一代又一代作家困惑的根源。这种困惑来源于对英雄定义的理解和认识，和平时期的军人，我们可以抛开战争背景，在和平的底色下书写军人的精神和品格。

军人的职业有别于社会其他任何行业，因为军队的特殊，造就了一代又一代走进特殊职业的人。这就是军旅文学和社会文学的不同之处。

网络文学的兴起，颠覆了传统写作模式，但网络文学发展这么多年，并没有留下经典作品，究其原因，是网络写手们太过于追求故事的传奇性、可看性，而放弃了对人物的刻画和塑造。读者记不住人物，似曾相识的传奇故事很难打动我们。

随着网络文学的兴起，一批影视作品也应运而生，故事一部比一部传奇，不讲究背景的真实性，更不讲究人物发展的逻辑性，更多时候则像是一部又一部电视游戏，传统的文学的严肃性被瓦解颠覆，留给我们的只是娱乐。

文学的意义不仅有娱乐，如果失去社会意义，这样的作品不会有任何存在的意义和价值。

作家被称为人类灵魂的工程师，如果一个作家的作品炮制的都是娱乐元素，那么和游戏的 IP 制造者们也没有任何区别了。

文学艺术一直以来就是社会文化产业的一部分，它带动甚至引领着影视业的发展。

目前影视界和娱乐界在热炒 IP 这个话题，IP 是种子。什么样的种子发什么样的芽，这是千古不变的道理。文学就是这个行业里最大的 IP。然后我们的影视娱乐界的这种游戏法则，又在影响我们文学的创作。让我们的文学向下走，去迎合市场，媚俗市场。文学的力量在娱乐的诱导下，被市场越陷越深。

一个国家和民族的发展，不仅仅是经济指标，还需要我们民族国家百折不挠、越挫越勇的精神。如果我们没有这样的精神，又何谈建设我们的经济。人类在创造这个世界，精神是人类前行发展的目标和方向。我们可以一无所有，唯有精神不能缺失。

建构我们精神世界的文艺作品，更不能缺少脊梁。无论战争年代还是在和平的当下，我们都需要英雄的精神。

英雄辈出的民族是强大的，英雄的年代是繁荣的。我们渴望英雄的精神一次又一次点燃我们。

从英雄到平民

在和平年代中生活久了，平淡庸常的生活中，在人们的心底里，更渴望英雄出世。然而，我们现实生活中，很鲜见英雄，在当下的社会中，英雄的梦想尤为珍奇。于是，在我们当下的文学式影视作品中，战争题材的作品，仍热度不减。据统计，电视台放的军事题材作品，连续十几年，一直占据三甲的行列。即便故事算不上新颖，题材也没有创新，但这些作品中，不论是描写的大人物还是小人物，他们的身上，无一例外地都具有英雄主义的潜质。看来人们对英雄的崇拜和敬仰是永恒而持久的。

本人从儿时的阅读开始，中国的四大名著，只有《红楼梦》不喜欢，直到现在也谈不上喜欢。从阅读性走的，到最后的阅读兴趣的培养，无一例外，都和英雄主义沾亲带故。包括后来读到的波兰作家显克维支的《十字军骑士》等著名作品。包括对作家的喜好，读过那么多作家的作品，到现在仍然比较推崇海明威、杰克·伦敦的作品。这两位作家的作品，虽然没有正面描写英雄，但书写了一个又一个普通人面对生活的态度，他们的坚韧，以及对待生活的态度，都在打动着我们。他们在关注作品中人物命运的同时，让我们的精神有了一种深深的震撼，这种震撼，让我们吸取到了一种生命的力量。

对英雄的诠释，我想不应该是单指战场上的流血牺牲；平常生活中的忍耐、操守，我想都可以从广义上成为英雄。英雄的诞生绝不会是偶然的，成为英雄，必须具备许多条件，比如价值观的取向、性情的磨砺，以及心理素质等等因素，在某一个特定的环境中，英雄就这样诞生了。

我自己在写作过程中，军事题材的作品占据了百分之七十多，在这些作品中，很多都在书写着英雄。《激情燃烧的岁月》《军歌嘹亮》《军礼》《锄奸》《男人的天堂》等等，英雄的特质是相同的，但英雄的经历各有各的不同。

我们这个时代需要英雄，这个民族更需要英雄。作为一个作家，要具有社会责任感，书写主流意识，给这个民族带来一抹希望和亮色。一个没有图腾的民族是悲哀的，肯定也是没有前途的。呼唤英雄，不仅在危难的时候，在平常的生活中，哪怕一个微小的事件，只要我们能做到与众不同，也是一种英雄。从这个角度看，成为英雄不需要条件。

也许我们这个时代，更需要的是一种平民英雄。这样，我们的社会就越来越健康，越来越坚强，一个团结坚强的民族，才显示出伟大来。

从凡人凡事做起，让我们把对英雄的崇拜，化入我们平凡的生活中来，让我们每个人都成为时代的英雄。

他　们

演 员 们

亲爱的演员们，是影视圈里阵容最为强大、人数最多的一个群体，据不完全统计，专业院校毕业，仍以演员这个职业为生的人数高达数百万。老的还没有退去，新的一茬又扑面而来，生生不息，前赴后继。

这么多俊男靓女赴汤蹈火，投身于影视圈，和这几十年来中国影视的发展密不可分。影视圈已经跨入到了造神造星的年代，青春期的男女们，体内装满荷尔蒙，他们哭着喊着想成为星一代，便不难理解了。名利的诱惑，还有荷尔蒙的影响，让自己的人生光辉绚丽，这是许多年轻人的梦想。

演员这个职业却是台下受罪，台上显贵。年年岁岁，这么多从业者，可光鲜靓丽者永远都是少数，几百万的从业队伍中，我们能数出来，叫上名字，且能记住尊容者，不过百八十位。艺人这个行业，就是千军万马在过独木桥。

任何人通往成功的阶梯都不会是一片坦途，因为影视圈名利的诱惑，青年男女们成功的路径都是相似的，不成功的各有各的失败经验。

一个演员成功，首先是机遇，接下来是天赋，然后还是机遇。

这是当下影视圈流行的成功路径。其他任何职业都可以十年磨一剑，唯有演员这个职业不行，艺人们吃的是青春饭，过了这个村就没有这个店了。女演员出道的上限是三十岁，男演员是三十五岁，在这个年龄阶段出名，一切都有可能。许多老炮演员们，不论成功还是落寞的，修改自己年龄的大有人在，70 年代出生的人，敢说自己是 80 后的新生代，为的就是多给自己留几年机会，抓住青春的尾巴再冲刺几年。

“潜规则”这个词，最早就是影视圈里流传起来的。座位是身份地位的象征，人人都想在这个行业里找到自己的位子。把持座位者，利用手里的权力使愿者上钩，没有座位的人，为了找到自己的座位，甘愿被潜，甚至想方设法投怀送抱。许多明星大佬们，人前一套，背后一套，一面是这个社会的代言人，这方大使，那方圣人，然后转过脸来，背对摄像机时，又展现出了人性恶的一面。

成功的道路只有一条，历经风雨成大道。经历风雨的人们，只有自己知道这份甘苦和不易，在努力挣扎过程中，他们咬牙再咬牙，坚持又坚持，终于踏上了大道，突然他们会变脸，变本加厉地开始折磨这个圈子。每个剧组都会遇到耍大牌的人，大牌耍大牌，小牌耍小牌，因为他们终于出道了，要彰显自己的个性和存在感了。但他们成名路上经历了太多的苦难和磨砺，他们会把自己经历中痛苦不堪的部分放大，因为他们一路过来，人性早已扭曲，此时，功成名就了，他们要变本加厉地报复这个圈子里的人了。

许多剧组请来这些大牌，就是请来了神，供着伺候着，他们高兴了就拍，不高兴了转身就走，职业道德和良知丧失殆尽。这些变态的明星成了剧组的瘟神，却又因为市场的需要，每部戏里不能缺少。

这些“瘟神们”长此以往，就得罪了很多人。不仅同行，甚至许多工作人员，为了报复这些人，这些“瘟神们”每次出事，往往都是身边的人员向外界通风报信，被逮个现形。

吸毒、嫖娼、搞第三者，这些恶习，不是最近几年才有，这几年频繁曝光，是因为他们变本加厉的变态，得罪了更多的人。不论哪个明星出事，拍手称快者居多，除了人们天生就恨有名有利的人之外，更多的原因是这些人本身口碑就极差，混到人人喊打的地步，那就必须得出点事了。

影视圈艺人队伍如此混乱，除了这个高风险高投入的产业外，艺人们的素质是个天然的障碍。这些演员们的经历大同小异，先是上各省市的艺校，在各种考前培训班里历练厮混，然后登堂入室考入专业学院。他们有了从艺的经历却丢掉了文化的学历，没读过几本正经的书，许多常用字都认不全，大脑在文化的区域尚待开发，凭着情商闯天涯，没有智商的指引，情商再高也是无本之末。

不论出道的还是没出道的男女艺人们，最近几年开始流行整容。因为看多了韩国的俊男靓女，觉得姿色才是通向成功大门的一把必备钥匙，于是这群人投身于整容大军，大整小整，总要整整，仿佛自己不整，就会被这趟欲望的列车甩下站台。整来整去，鼻子挺了，肌肉僵死，笑不是笑，哭不是哭，人人都变成了匹诺曹。一片假面充斥着荧幕。低劣的整形，让本来还算耐看的一张脸，变成了地狱的面具。

成名的路上，他们挖空心思，各显神通，出卖了青春，又忍痛整容，还是没出名出道，于是又开始寻佛拜神。每每聚会经常听到，这些艺人们去拜了哪座山哪座庙，求来了什么护身神器佩戴在身上，几年之后如何会交好运，祖坟冒青烟。现实这条路走不通，便开始走神的路了。

神的路再走不通，便开始走婚姻之路，今天和这个好，明天和那个结婚，这个出轨，那个外遇，总之，挨打上吊都能上娱乐的头条，权当一次炒作了。正路无人问津，就希望邪路上火热，只要让自己的名字不断充斥在媒体上就是成功。一张又一张邪恶的脸，脸后隐藏着更为邪恶的灵魂，邪灵附体之人不是妖就是魔了。

我们只能用妖魔称呼演艺圈艺人这个群体，当然，有许多老艺术家们仍然恪守着做人演戏的操守，他们信奉戏比天大的道理。对他们来说，表演是严肃认真的，是他们的事业，是他们的生命。可这些老艺术家们，已经非主流了，他们的声音正微小下去，甚至谈艺德、谈戏是一件很不光彩的事情，即便说了也没人爱听。于是他们只能沉默。没人爱听，就没人关注，社会便把他们封杀在一角。

媒体需要吸引眼球，需要在热闹中生存，他们关注瓜田李下，为花边新闻推波助澜，让操守变得脆弱，让无耻变得理所当然。社会的风气，让丑变美，让美沉寂。人们的内心失去了美丑的标准，底线只是我们嘴里说的一个名词，依据自己的需要可以划到任何一个位置。

娱乐让我们颠倒了整个世界的美丑，娱乐让我们在逍遥中失去了自我，娱乐让我们无法救赎，娱乐让娼妓变成了贞女……

影视圈的从业者们，变成了娱乐的工具，艺人们成为了娱乐卖点，既然卖，就有了各种不入流不入道的需求，种种乱象便顺理成章了。

谁之过？是我们整个社会，我们的精神世界出现了偏差，媒体打着市场经济的大旗，让真理变得一文不值。

我们呼号重建我们的价值体系，也愿我们的艺人们都成为人民功勋艺术家。为艺术献身光荣！

制片人们

制片人，顾名思义，是管理制片的人，在剧组里是责任和压力最大，也是权力最大的人。

一个称职的制片人，无疑应该是对整个影视行业有着清醒认识，并能准确判断一部题材的取舍，对投资的数额有着合理的预算，也就是说要懂市场，懂剧本和制作流程，甚至对一部完成片的销售，收回投入款项，也应该熟门熟路。好的制片人，不仅对业务要精通，甚至需要有良好的社会关系，一部片子从选题策划，一直到制作完成、销售，看似简单的一条龙体系，但毕竟一部片子的完成，属于社会的一部分，没有良好的社会关系，也很难做好一个制片人。

称职的制片人是在这圈里摸爬滚打锤炼出来的人，经验与悟性，社会关系和个人干事的风格，都会影响着制片人的成功。中国社会关系有多复杂，制片人的工作就有多深奥。

最近几年，影视圈里流进来一批热钱，许多圈外的人，眼见影视圈里热闹红火异常，天天和靓男美女在一起，似乎风光无限。有许多行外的人干得不如意，或者抱着玩一玩的态度，转身扎到影视圈。这些人对影视圈只是道听途说，并没有清醒的认识，以为自己有钱，就可以在影视圈风光一回，于是不尊重市场规律，甚至不尊重制作规律。因为刚进入到行内，投拍的剧本和以往的业绩，无法得到行业人士的认可，但凭着财大气粗，以超出以往业界人员收入的倍数投入，吸引着演员和专业人士的进入。在有奶便是娘的演员队伍中，钱无疑是有吸引力的，长此以往，演员的价格被这些不懂行规的人忽悠上去了，许多演员觉得自己理应值这个身价了，演员队伍酬金的虚高因此也就诞生了，弄得行业队伍怨声一片。有许多有潜质的演员因为这些虚高的价格，接了一些烂戏，从此演艺才华被淹没了，从声名鹊起，变成了石沉大海。几年之后，已是无人问津。

这些不入流的制片方带着热钱进入，热热闹闹地忽悠了几年，也看似花红柳绿了一阵子，因为背离了影视圈的规律，便偃旗息鼓，又退了出去。退出一批，又进来一拨，前赴后继地投进影视圈成为搅局者。一时间，良莠不齐、鱼龙混杂的现象充斥着当下的影视圈。许多雷剧、神剧、狗血剧大都出自这些制片方之手，他们觉得拿到了影视圈的通行证，如法炮制，垃圾泛滥，搅扰得影视圈一时乌烟瘴气。

大浪淘沙，几经沉浮，这些带着热钱挺进影视圈的人，大都铩羽而归，带着几丝哀叹和抱怨，也带着红尘美梦，念叨着婊子无情戏子无义的名言转身黯然退场。有人也因此留下笑柄，甚至被圈内人编成段子在圈里流传。

因为搅局者众多，而且呈源源不断之势，这样一来，让坚守的真正的制片人的工作变得举步维艰，正道变成了邪路，理想变成了泡沫。既定的规则和经验不管用了，搅局者的经验成了大道。有许多真正的制片人沉寂了，被淹没在一片吵吵嚷嚷的虚假泡沫之中。好片子越来越少，甚至传统意义上的好片子，成了嫁不出去的姑娘。

这些年，“潜规则”一词一直被坊间流传，仿佛制片人所干的这项事业，一定会和某种欲望勾结起来。制片人拍部戏，似乎就是为潜规则几个男女演员。这种现象，也是一粒老鼠屎坏了一锅好汤。因为制片人的队伍良莠不齐，在这个行业的目的也不一样，有的人的确也这么做过，甚至乐此不疲，这就导致了外人用有色眼镜看着圈里这些人。一时间，“洪洞县里没好人”，人人都是潜规则高手老手，个个都是淫棍乱党。

净化一个行业，不仅仅是时间所能做到的，也不仅仅是市场所能调节的，进入任何一个行业都应该设立门槛儿机制，不是把一个行业推到市场上去，适者生存就能够解决得了的。这个行业的乱象需要政府管理部门出台净化标准，不仅仅是整部剧生产出来了，利用终端的审查制度就能解决得了的。应该从进入的源头，从业经历的认定入手，让那些伪制片方彻底在这个队伍里消失。

影视圈内的风气，就像一个大染缸，吸毒者、嫖娼者、献身者屡见不鲜，这些浮出水面的只是冰山一角。是这个圈子的乱象害了这些人，功成名就者，仿佛不入乡随俗就不是名家大腕了，一定要做出一些目空一切、匪夷所思的事情来。

功成名就的艺人们在自毁长城，那些苦苦挣扎，希望早日成功的小演员们，甘愿走进潜规则这种游戏之中。

我做了几年制片人，每部戏建组选演员时，都会遇到几个女演员暗送秋波或投怀送抱之事。

有一次，一下午见了十几个女演员之后，在离开剧组的路上，我突然收到一条短信，内容是：石老师你好，不知晚上有没有时间，如果方便我想面见你一次，时间地点你定。

这是含蓄的演员，有更直接者，直接把电话打过来，先热情甜美地自报家门，然后道：你要我怎样才肯用我，你直说吧。

还有人提出请吃饭，想拉近关系，在拉近关系时，再见风使舵。还有一些男演员和我谋了几次面，或者合作过，电话打来时先谈片酬，然后说，你只要给我多少片酬，我返你多少多少。当拒绝了种种诱惑时，有时还会收到这些演员的短信：和你合作咋这么多乱事呢！

许多人把正常的关系理解成你不食人间烟火，甚至认为你在装，不近人情是个怪人。这些小演员们这么做，在大多时候肯定屡屡得逞，偶遇一两个不吃这一套的人，他们肯定会当成异类。正道变沧桑。

作为有操守的制片人，不会为物质和欲望而工作，而应是为了一种精神，因为热爱、有情怀，才选择了这份职业，那就要为所做的选择而守住自己的底线。精神的快乐是永恒的，出卖自己的良心会受到天谴。内心的世界只能靠自己去营建。愿我们的情怀像长城一样蜿蜒坚挺！

编剧们

在影视圈里，最默默无闻、最苦的行业，应该就是编剧了。

无闻是因为编剧永远在幕后，不论香臭观众永远不识，片头署名也淹没在众多的主创人员中间，有许多电视台为了压缩播出内容，留给广告更多时间，甚至在播出时，索性掐去片头片尾，想看到主创名单只能去网上百度了。

观众通常认为，一部戏的好是演员和导演的功劳，仿佛演员和导演成了讲故事的人。经常听观众议论，某某戏某某演员演得好，某某导演导得好，很少会听说是某某编剧写得好。大多数观众一直认为，一部戏的主创是导演和演员。

默默无闻也罢了，上天却让编剧如此苦，这就是行业的分工。大多时候，我们只看到一部戏拍摄时的花红柳绿，播出成功之后演员和导演们的风光无限，很少有人了解幕后的编剧，了解他们绞尽脑汁、夜夜失眠地构思作品的惨不忍睹的工作状态。有时一部戏要写几年，编剧们把人生经验感悟融入一部作品中。十月怀胎一朝分娩，当孩子出生了，又被别人抱走了，编剧心里空了，粘连着编剧骨血的作品远离他们而去。他们的营养和价值都给予了自己的作品，为了创作下一部作品，他们要进行整备补充，不仅补充知识，更多的时候是对生活感悟的补充。对生活没有看法，就没有话题，没有创作冲动，就很难写出好作品。

看到自己的孩子，被人打扮得漂漂亮亮，长大成人，是编剧们最快慰的事情。这种幸福感只有编剧才能体悟得到，因为他们经历的痛苦太过漫长了，不仅是肉体上，更多的是精神上。一部精心创作之作，让编剧们精疲力尽，心虚气短，面色苍白。掏空了生活，掏空了人生的感悟，更多的时候，编剧更像一个被人遗弃的寡妇，形单影孤，凄楚可怜。

这是认真搞原创的编剧的状态，在圈内算是少数。更多混迹于圈内的编剧并没有这么苦，因为他们搞的不是原创，也就是说构思立意不用自己生发出来，而是依据制片方的想法进行炮制。制片方需要某个类型故事，各种元素齐备，让这些编剧们去写。类型剧总有参考的作品，先看国外同行们的作品，再看国内的，国内国外一整合，这里加个人物，那里顺手牵过一个桥段，一部戏就整合成型了，荤素搭配，有款有色，也算齐活儿。电视台需要，一切都在流程之中。

这些编剧短平快的创作，也会使他们门庭若市，收入颇丰，最大的麻烦恐怕就是抄袭的官司了。中国的知识产权意识并不强，衡定抄袭的标准也不够严谨，即便打起官司，也是一笔糊涂账，因此，就助长了这些编剧们大胆地去借鉴和摘抄的风气，让这潭水更浑更浊。曾几何时，编剧界也流行一句顺口溜，说的是：你抄我来我抄他，谁抄好了谁发家。

创作沦落到一个拼盘的组装，完全没有了自己的思想和建树，严格意义上来讲，不仅不能说是创作，连个工匠都谈不上。充其量，只能称为一种攒故事的手艺人。如果一个编剧沦落到如此，为了干一件事而干一件事，全没了创作的乐趣，可能最大的乐趣就在投资方把钱打到卡上那一刻了。

这是行业的悲哀，从源头就是如此。

和导演们一样，许多著名的编剧，各种活应接不暇时，便只写大纲，编一个故事，拿到投资方的一纸合同后，便雇佣枪手进行下一步的创作。枪手毕竟是枪手，机械教条地把剧本完成，这就到了开机日期，甚至到开机日期时，编剧还不肯交稿，有时是剧本真的没能完工，更多的时候，是不肯先让投资方看到剧本庐山真面目，那样就会很麻烦，会让编剧改来改去。成名的编剧已经没有耐心和时间在一个剧本的创作上纠缠不休了，因为他手里又接了几个活，合同都签了，订金也拿了，交稿日期已经写得很清楚了。无奈之中的制片方，只能如期开机了，戏的质量便可想而知。投放于市场自然不会有好的结果。

乱象种种，注定让这个行业浮躁得虚火上升。观众一边骂一边看这些烂戏，在骂声中一部又一部烂戏热闹地开机了。周而复始，成就了我们当下影视圈内的一景。

在羡慕美剧、英剧、韩剧的同时，我们忽略了一点，那就是人家是怎么创作一部戏的。外国同行们尊重自己的职业，我们是糟蹋自己的行业。

风景这边独好，是因为这边有爱风景的人。

媒体们

传播影视的媒体，主要收入来源是广告。投放广告的商家关心的是自己广告的受众程度，于是就关心电视节目的收视率。广告商投放广告，便会依据平台收视率，水涨船高地投放广告。于是电视台每部戏的播出便成了台领导要求的硬性指标。

一些雷剧、神剧、狗血剧便应运而生，电视观众永远是一些闲杂人员，要么就是一些年轻人，他们的口味在追求明星偶像，还有当下社会热点话题。既然电视台在拼命迎合受众群体的口味，于是他们在选择购买制作方的片子时，便加强重口味或偶像明星的阵容。

明星永远就是那么几个，各路制片方以自己的戏能抢到明星为收视底线，抢来夺去，明星的价格随行就市，一路飙高得吓人。投资方的预算，从几年前的每集几十万元，疯涨到一百多万、二百多万，个别的被称为大戏的达到了三百多万，一部能放上台面，被称为大戏的几十集戏，投资高达亿元，这种投入的戏并不鲜见。

没有钱大手笔投入的，便在重口味的故事情节上“下功夫”，手撕鬼子、手榴弹炸飞机，一支箭比机枪大炮威力还要凶猛，人物成了符号，主人公已经不说人话了，抗日英雄壮士永远穿着奇装异服，女抗日英雄渐渐多了起来。这些人物，衣着鲜亮，甚至露肚脐装已经充斥着电视屏幕了，这些奇怪的人物，打着抗日的旗号，干着神才能做出来的惊天伟业。电视台的收视有了保证，这类戏在电视台播出一路绿灯，鼓励着制作单位如法炮制，你强我更强，你雷我更雷。

除了神剧、雷剧之外，还有一类剧为狗血剧。不知何时，家长里短的戏成为收视保障的主流，先是夫妻矛盾重重，吵来吵去，后来双方父母也加入进来，甚至小姑子小叔子、同学、七大姑八大姨都加入到家庭矛盾的大军。先是夫妻那点事，后来扩大成一场混战。故事一开篇，便矛盾重重，随着故事的进展，主人公们已经人脑子打出狗脑子来了。一时间电视屏幕里乌烟瘴气，从头吵到尾，家庭中任何一件事都能构置出矛盾，从床上吵到床下，从法庭吵到国外，花样翻新，困惑不断，变成了一个窝里斗的战场，锅碗瓢盆、汽车楼房都成为矛盾的对象。不吵不热闹，不闹不吵收视率上不去，于是所有家庭戏都要争来吵去。

许多演员拍完一部戏，手捂胸口说了一句：妈呀，累死我了！然后订一张去国外某度假岛的机票度假去了。这些演员说：再不度假都快被剧情憋闷死了，不死也得癌症了。拍戏的演员是这种心情，看戏的人呢？

任何一个观众，都有窥视欲望，观看狗血剧讲述别人家长里短，吵来闹去，他们显示出自己的同情之心，也感受到自己生活的优越，这也成了部分观众爱看这些戏的理由。

放大的家庭矛盾，毫无理由的争执争吵，让人们的内心积累了太多的难受和难忍，美好和希望已经远离了我们的生活，“洪洞县里没好人”。

曾几何时，文艺作品的引领作用，已经远离了我们，各家电视台要的结果是收视率，购片就是为了收视率，收视率成为市场的导向，为了收视率，制片投资公司昧着良心投入到雷剧、神剧、狗血剧的制作洪流之中，一时间狼烟四起，真假不辨。

连续几年，我们很难看到一部抒发我们情怀，讲述我们民族精神的真正有力量的好戏了。抗战戏一时间成了活人演的游戏，主角永远神力无边，法力超强。鬼子永远是玩偶、道具、呆头鹅，让人砍来杀去。没有前因和后果，没有历史背景，更没有人物，有的只是比比皆是的狗血情节。

目前的结果，由谁来负责？不是这些戏的出品方，而是我们的播出平台。是播出购戏导向出了差错，欲望保障了收视率，流失的是人们的信仰和价值观念。

电视台要生存，如何生存？电视台是国家的，每年政府的投入也不是一笔小数目。电视台创收本身并没有错，但如果放弃了底线去创收，为了让职工们的腰包金满银满，让一些腐败领导把电视台当成自己敛财的大树，而丧失了底线，这个责任又该由谁来负?!

社会在发展，文艺战线更需要发展，它是引领我们民族前进的旗帜，旗帜倒下了，或偏离了正确的前进方向，我们前行的目标和方向又在哪里？

许多人热衷于外国影视剧，我们细看这些剧，每部戏里展示的都是强大的国家精神。这种强大，让人们有一种安全感和自豪感。再看我们所谓的为市场炮制出的戏，压抑、丑恶、没有希望；为了利益，没有底线，争来斗去就是为了我们眼前的一点蝇头小利，鼠目寸光，胸无大志。

当外国同行把目光瞄准了外太空，设想了第五空间的大宇宙思维之后，我们的同行还在挖空心思地炮制着我们的人性恶，让我们亲人之间互相撕咬，为点遗产，为了杯水之间的家庭琐事喋喋不休。看外国同行的创作观和人性观，我们应该感到悲哀和脸红。

希望我们的同行，放弃眼前的蝇头小利，把情怀装在我们的心间，让我们的作品从大处着眼，希望和未来并存，把人世间美好的情愫，根植于我们的笔下，让人性之大美竞相开放！

观众电影　电影观众

这几年来，随着文化市场的开放，电影的春天也接踵而至。若干年前很少有人问津的电影院一下子热闹起来，在节假日里，甚至看一部电影也要排队买票了。电影票房每年以上百亿的速度在增长。这样的局面，让搞电影的人心花怒放，让投资影院的地产商喜形于色。电影市场的连年牛市，让许多商人投身到电影市场。

中国人富起来了，中国人需要精神产品，中国有十几亿人口，中国的电影市场没有理由不好。

然而，每年盘点电影市场能挣钱的却是屈指可数的那么几部。大部分票房，还是让更多的引进电影瓜分了。

有人开始研究中国挣钱的电影类型：

粉丝电影占据了半壁江山，这些粉丝来自偶像小说，小说改成电影后，这些小说的粉丝们自然变成了电影的粉丝。电影改编成功与否已经不重要了，是粉丝为曾经的偶像图书集体向电影致敬。同时致敬的还有大批演员粉丝，表演好坏也不重要，通过电影，粉丝和自己的偶像又有了一次神交。

另一种类型便是青春电影，这些电影带着年代感，是向青春的又一次致敬。青春永远是美好的，恋爱、工作、生活，已逝的不再回头的永远都是最珍贵的。我们的青春自然也不例外，匆匆的时光，让我们感叹，时间都去哪儿了。许多观众为了自己的青春岁月走进电影院。

再有一类就是喜剧影片了，喜剧加上现代生活元素，让观众焦灼、劳累的心情得以释放，桥段是否精妙已经不重要了，看的就是热闹，走出影院一切都成了浮云。

这些电影都是观众需要的电影，电影创作之初，已经设定了观众群。观众需要什么，电影人就绞尽脑汁创作什么，典型的观众电影。

同时还有另外一部分电影人在创作着另一种电影，依据艺术规律、文学规律，创作反映人情人性的电影，让真正喜欢电影和懂电影的人走进影院。我们把这类影片称为文艺片。然而近几年创作的文艺片大多票房惨淡，与同期的包含各种元素的商业片同台竞争，市场相形见绌也就不足为奇了。因为没有市场，排片场次也少得可怜，影院不会为这类电影做赔本生意。

于是有人开始呼吁要建立文艺片院线。无论是投资电影的还是搞院线的，都已经市场化了，呼吁归呼吁，没人敢去冒这个险，去投资这样的院线。文艺片和探索电影便很少有人问津了。

有一位法国文化学者说过：想看一个国家的文化素质，只要走进电影院，看观众在看什么影片，就对这个国家的文化素质有所了解了。

显然，我们的电影市场的所谓繁荣，并没能真正代表我们电影市场春天的来临。我们还有很长的路要走。

观众电影这种投其所好的电影可以存在，但不是越多越好，更不是票房越高越好，如果有一天，我们富于探索精神的影片，能代表更多的大众的主流电影受到青睐时，我们电影的春天才真正来临了。

我们不仅需要观众电影，更需要电影观众。

让我们的观众学会看电影，每部片子结束时，片尾字幕出场时，我们不要急于离开座位，而是集体起立，向参加电影的每位工作人员集体致敬，等片尾播完，我们再离开座位，那时，我们才成为真正的懂电影、爱电影的观众。那时的我们，也会受到电影人的真正尊重。

我们共同期待那一天早日到来。

文艺青年

进入 21 世纪，文艺青年渐渐流行起来。文艺青年们的标志是：不穿名牌。标准打扮是：运动鞋、牛仔裤、衬衣，依据季节脖子上会搭一条材质不一的围巾。

文艺青年大都有一个比较稳定的工作，吃穿不愁，但也并不富足，也不耻去谈金钱。

文艺青年读流行的书，内容有生活哲理，文字优美，时尚先锋的图书便成为他们的必读书目。他们只看英剧、美剧和法国电影。对国内的电影电视常常会嗤之以鼻。

文艺青年很少去实体店购物，他们购物大多是通过各种淘宝店。足不出户，却也丰衣足食。

他们“流窜”在各种有名有号地段的咖啡厅里，一部电脑、一本书、一杯咖啡，三两志同道合者足以把一下午的美好时光打发干净。

他们不关注政治，他们只关心时下的流行元素，交流某一部新结构电影，谈论一下陌生又遥远的男女演员的演技和情史。

他们聚会的地点小众且小资，不在乎花钱多少，在乎的是环境和菜肴的陌生感，他们肯尝试各种新鲜的事物，包括饮食。

他们只谈恋爱，并不急于结婚，对同性的爱情，会心一笑，并给予充分理解和尊重。

他们的家居简单简约，大都是宜家的家居，一副随时搬家又处处是家的气派。

他们生活在生活的底层，思想却瞄准精英行列，他们看不上生活中的鸡毛蒜皮，又不耻精英们主宰这个世界的逻辑，他们有着自己生活的哲理，那就是让自己的文艺气质去点亮自己的生活。

他们生活在水深火热的生活洪流之中，却不想沾地气，地气会让他们变得恶俗，失去了文艺青年的纯粹。他们在生活中挣扎，纠结。要做一朵荷花，出淤泥而不染。他们要铮铮向上，挺起自己与众不同、超凡脱俗的头颅。他们冷眼打量这个世界，用小众又小资的心检点自己，追求着生活。让自己的品质永远不和大众同流合污。

20 世纪七八十年代，同样有一批青年，被称为文学青年，那一代文学青年的精神气质和时下的文艺青年有着许多相似之处。

七八十年代的文艺青年，腋下或左肩右斜的黄军挎里永远装着一本或几本与文学有关的书，他们大多都是一副学生打扮，女青年留齐耳短发，男生的长发以能甩起来为宜，他们的着装简单明了。时常张口普希金，闭口弗洛伊德，说萨特的存在和虚无，也谈加缪荒唐的道理。他们愤世嫉俗，又忧国忧民。他们有理想有抱负，用一颗文学的心感受着时代，做时代的愤青。

20 世纪的文学青年和当下的文艺青年，不同的是：一个关注政治，把自己放置到生活的旋涡之中，期待风暴来得更猛烈一些；一个却以远离政治为荣，祈求生活平静安逸和小资。

文学青年入俗也入世，他们逐渐学会了包容和忍耐，随着青年渐变成中年，他们大势所趋成为社会中普通的一员，但文学的良知和视野，影响了他们一生的审美，也因为文学，许多人因此改变了他们的生活轨迹。

梦想如初，时代不同，从文学青年到文艺青年，他们的精神没有变。文艺青年总有累了的时候，当他们三十大几时，文艺青年的身份让他们感到了累，甚至于和眼下这个社会格格不入时，他们也学会了妥协，锐利的锋芒不再尖利，收起利爪和小资的心，入乡随俗，为人夫为人妇，柴米油盐过起了另外一种入世入俗的生活。

生活的责任和压力又重新回到了他们的肩上，在结束一天的喧嚣，孩子哭闹之声变成了梦呓之时，他们的思想又回归了自己，在失眠的夜晚枕着自己的双手，在黑暗中思考人生和哲理，这种想法刚冒个头，劳累的困意便席卷了意识，他们到睡梦中与凡俗纠结了。

梦醒时分，就又是一天的开始了，乘公交挤地铁，像“壮士”“烈士”又开始了新的一天的厮杀，拖着已经不再年轻的身体，奔波往返于家和单位之间，丈量着生活的长短。

通俗时代

20世纪八九十年代，文坛上有了通俗文学这个称谓，何谓通俗文学，笔者认为是文学的“三无”作品，无思想，无人物，无语言。这样的“三无”作品，盛行了十几年，甚至二十余年，随着网络文学的兴起，通俗作品这一称谓渐渐失去了市场。甚至很少有人再用通俗文学这个称谓了，而改成网络文学。更年轻的一些写手，与各种网站签约，以每天几千字的速度更新自己的故事，来博得网友的点击阅读。据说，网络写手们虽然辛苦，收入却不菲。

看来，不论是通俗文学还是网络文学，都是因为市场的价值而存在。毕竟有着浩大的消费群体，市场决定了存在。在年度作家富豪榜的名单中，传统意义上的作家的名字很难觅得芳踪，各种以网名形式存在的写手，占据着显赫的位置。就连莫言借获奖的名声也很难打败这些写手们集团化写作吸金的冲击。

写手们渐渐取代了阅读市场，传统作家渐渐退出了写作的舞台。文学刊物发行量的萎缩和写作者的青黄不接，明显可以看出，纯文学市场的份额越来越少。不知道生于20世纪50、60、70年代的作家封笔之后，中国文学的出路将走向何方？

从文学市场，我们再看影视市场。20世纪80年代，著名导演张艺谋先生曾有句名言：文学驮着影视走。那个时代，文学成为影视的风向标，的确，因为改编自文学作品，影视工作者创作出了一批经典的影视作品。

随着文学市场的潜变，影视市场也发生了突变，影视市场的通俗化更为突出，影视作品中的“三无”作品遍地皆是。

文学市场通俗是为了多销挣钱，影视作品通俗化是为了收视率，有了收视率，就有了巨额的广告费，同样是为了挣钱，金钱让我们从文学到影视一路通俗下去，娱乐下去。

影视剧中的狗血故事，毫无逻辑的人物性格，泛时代的台词，让我们看到了乱象丛生。

文化媒体平台一直是我们社会文化现象的风向标，从我们观念的形成，到审美价值观的建立，文化意识都在潜移默化地影响着我们一代又一代人。

从老子、庄子、墨子、孔子，古人的文化至今仍然在影响着我们这个民族，从先秦文化，到唐诗宋词，都是古人留给我们的文化瑰宝。然而到了我们这个时代，我们能留给后人的又是什么？

我们这个时代，无疑会成为一段历史的空白，被历史跳跃过去。然而，谁又来续写中国文化？

具有几千年文化的民族，被一个崇尚吸金的时代，就这么通俗化了，被历史翻篇了。

只有历史没有文化，是不会被历史所记住的，我们了解先祖的历史首先是从文化开始的。文化让历史灿烂辉煌，被后人崇拜折服。从文化中吸取血脉的营养，变成民族的脊梁和精神财富。

我们这个时代的通俗，最后终究让我们一无所有。日出日落，季节更迭，江河山川依旧，我们正在成为历史。时代的文化符号被省略。通俗的时代让我们悲凉、无奈。物质的贫穷让我们恐惧，文化的空白更让我们悲哀。通俗时代，通俗的代价。

欲　　望

从呱呱落地那一瞬，人便有了欲望，不用教便知道去找母亲的乳汁。

青春年少时我们的理想是好好学习，日后做一个有用的人，因为有用的人就能多挣钱，有了很多的钱会让我们过上美好的生活。我们为了自己的人生目标，一路奔了下来。

后来，我们吃好了，生活也算过好了，接下来就有了更多的欲望，当局长的还想当部长，有了千万还需要有一个亿。

贪官们无一例外都和金钱有关，捎带着还会拥有许多女人。金钱和女人是男人最大的欲望，不是为了消费而是占有。只有占有才会满足欲望。

人生就像玩一场游戏，在生命的过程中，当牛做马都是为了满足自己的欲望，让金钱变得更多，让自己征服更多的女人，只要染指，或尚未染指的，也想早日归到自己名下。

人活在世，都知道自己的未来将是向这个世界告别，赤身来、赤身去，不会带走一片云彩，但生命的过程，我们想拥有更多，越多越好的欲望，让我们欲罢不能。

我们忙来碌去恨不能把世界的财富都据为己有，把美色占尽，只求曾经拥有。

著名的葛朗台临死之前还做出手势，让下人们吹灭灯盏只留一盏足矣，可见我们人类对金钱的迷恋到了如此精打细算的地步。我们只要有一口气，欲望就与我们同在。

欲望是我们人类的劣根性，也是我们生存的动力。我们从懂事开始，先人们就要教我们如何节俭持家并希望我们成人后创造财富。社会发展离不开财富，创造财富的过程让我们人类越来越聪明，一代又一代，人类在创造过程中，让社会繁荣发达。

贪官们利用权力和社会的潜规则也在聚拢财富，财富多得已经几辈子花不完了，但并没有罢手，财富是无限的，欲望也水涨船高。贪官们像一个魔术师，把财富变成无限多，最后魔术穿帮了，所有的财富又灰飞烟灭，在眼前消失。赤条条来，果然又无一例外赤条条地去了。留下的只是一个从繁华到虚无的过程。

我们这一生都为欲望而活，从最初的吃饱穿暖到后来的骄奢淫逸，我们为欲望而生为欲望而活，为了欲望割舍不下这个世界。有一天，我们没有欲望了，这个世界又会怎样？

欲望是我们世界的原动力，但如何规范我们的欲望，让我们的欲望光明正大健康向上，才是我们人类的最高准则。

只有信仰才能规范我们的欲望，我们的信仰从哪里来，这又是我们一生都在寻找的目标。找到了就是幸运，迷途者也许终生都不会找到。

不要让欲望成为我们的信仰，要让信仰规范我们的欲望。

我们为什么读书

生于20世纪60年代的我们，读书是我们那一代人不可或缺的一部分生活内容。在我们从出生到长大的时间里，社会没有让我们更好地消遣的内容，读书成为我们唯一的爱好，读专业书籍不算，读文学作品成了我们这代人最大的消遣。许多年过去了，我们仍然把读书当成生活的一部分。习惯一旦养成，它便成为生命中不可缺少的一部分。

进入到90年代末期，各种媒体正处于日新月异、改头换面的年代，网络阅读便成为一种时尚，到现在的手机阅读，让我们阅读更为便捷。随着阅读工具的变化，阅读内容也发生了本质的变化。网络的通俗化，和手机阅读的碎片化，让我们的阅读内容变得越发轻浅。一则幽默故事，一个流行段子，成为我们阅读的主流。

在80年代的时候，公车上，公园的排椅上，甚至农村的田间地头，随时可见青年们手捧一本厚厚的书阅读的身影，从中外名著，到唐诗宋词，都是我们阅读的对象。现在地铁里，公交站下，甚至走在路上，我们都可以看到人人拿着手机阅览碎片的景象。

碎片式阅读，让我们感受到了苍白，于是，这几年政府提倡读书，让我们几十年前的读书景象取代现在的阅读风潮。

人一旦养成了习惯，是很难改变的。我们已经习惯了手机阅读的方便快捷，从新闻到娱乐无所不能的手机式阅览。让我们重回到二十年前，拿着厚砖头一样的书去苦读，这并不是一件容易的事。

90后和00后，这两代人是喝牛奶吃面包长大的，他们的阅读方式已经很难改变了，就像他们的口味，妈妈的家常菜已很难满足他们对西式快餐的追求了。他们快餐式的阅读和他们的饮食一样，很难再接受传统的口味了。

生于60年代的我们，是读《钢铁是怎样炼成的》，读普希金、泰戈尔，读《牛虻》，读《安娜·卡列尼娜》，读四大名著长大的。他们则是看《变形金刚》、日本动漫、穿越剧长大的一代。社会在进步，进步的社会创造了与之同步的文化。高速发展的社会，让文化成为消费。

我们的读书习惯是：在一个晴好的空闲时间里，沏一杯茶，打开一本散发着油墨芳香的书，一行行，一页页，阅读让我们沉静下来，我们在读书中学会了思考，读这个社会，读自己。总有那么几本书，会成为我们的枕边读物，即便躺在床上，也会读几页，让思绪回笼，在沉静中睡去。醒来，也会读上几页，在思考中开始了我们一天的工作。日复一日，我们在读书中成长。

有时工作忙了，或者被什么事情打扰了，几日没有读书，发觉自己的内心空空荡荡的，仿佛生活也少了些什么，一直到捧起书，让心静下来，似乎才又回到原有的生活轨道上。心便踏实了下来，日子便又是日子了。

当下，也经常见到阅读的人，在星巴克或上岛咖啡店内，一部电脑或者一部手机，周围是嘈杂的、混乱的，一些人一边听音乐或一边发着微信在阅读，想必那颗阅读的心也是飞来荡去的。碎片化的内容，让我们信息丰富，内心纷乱，滋生出许多欲望，我们的心便不再平静。阳光依旧是阳光，日子却不是那个日子了。

有人说，我们的心有多大，世界就会有多大。读书可以让我们的心变大，因为读书让我们开阔了视野，每一本书就是一部人生经验，我们吸取了前人的人生经验和生命感悟，虽然我们足未出户，心灵已经领略了万千景象。随之，我们的人生经验也呈几何式增长。人生的智慧是伟大和奇妙的，正因为我们吸取了聪明人的智慧，才会让我们更加聪明和智慧，于是有了社会发展的动力。我们一代又一代也就拥有了超越前人的勇气和力量。

读书让我们有了世界视野，我们的心大了，世界也就随之放大，我们包容着这个世界，也丰富着这个世界。

其实我们这一生读不了很多的书，读书的选择就成了我们事半功倍的选择，适合自己的书就是好书，别人推荐的好书，也许并不适合你。在茫茫书海中，总会找到适合你自己的书，只有写书者的人生视角、生命经验和你发生了撞击，才会勾起你的阅读快感。嬉笑怒骂都会得到你的共鸣。

别人的名著永远是别人的，你要选择你自己的名著。写书者名气大小并不重要，适合你就是最大的，不适合你，他就是最小的。一个陌生的书写者能够把他的同类带到一个奇妙的世界里，这就是一个奇迹，在陌生又熟悉的世界里，寻找到这个同类，也是读书者的幸事。

一盏孤灯，一支香烟，一本阅读不够的书，这是一种人生境界。习惯让这种境界无限延长，延长着的还有沉甸甸的幸福感。

每个人的生命都是有限的，然而阅读却让我们人生的宽度得到了无限的放大。我们每个人的经历只有一种，但阅读会让我们的经历无限丰富。

阅读让我们的大脑学会了思考，像秋天的谷穗，饱满丰硕，沉甸甸地垂着，那是饱满的质量让我们学会了谦恭。

阅读让我们的心情变得愉悦，快乐的生命变得货真价实。快乐也是分等级的，只有精神快乐才是永恒的。我们在永恒中学会了飞翔。毒品只能让我们获得瞬间破碎的快慰。

阅读让我们学会了包容，因为我们的心已经足够大，不仅装得下高贵，同样也包容得了卑劣。包容就是一种有条件的宽容。

阅读让我们能平和地面对生死，因为欲望让我们恐惧死亡，死亡让有欲望的人变得一无所有。读书人只剩下一个欲望，那就是，只要让我的灵魂继续读书。读书的人都知道灵魂是自由的，自由的灵魂即便在身体消失之后，仍然可以穿行在书香之间。阅读不止，灵魂不灭。

痴迷碎片阅读的孩子们，我不知道他们是否学会了思考，是否感受到了永恒的愉悦，更不知道他们是否学会了包容。只有阅读的浮云在他们眼里消散，真正感受到读书的乐趣，读懂别人的灵魂，才能真正找到自己的魂魄。

愿孩子们，早日抛弃掉碎片阅读，回到真正潜心阅读上来，你们的生命质量才会饱满而又壮硕。

为人民服务

“为人民服务”，这句话对 80 后、90 后这些孩子来说肯定是陌生的。对我们 60 后这些人来说，却留下了一段鲜活的记忆。

这句话，是毛主席提出来的，是他老人家一篇文章的题目，讲述一个叫张思德的八路军战士烧炭的故事。后来这句话，成为了毛主席语录，在那个年代，便世人皆知了。出生于 20 世纪五六十年代的人，就是在“为人民服务”这句话的指引下成长起来的。

我清晰地记得，“为人民服务”这五个字，被制作成了一枚枚精美的胸章，红底金字，四边也是金色的。就是这枚小小的胸章，成为我们当年的时尚，许多中小学生，甚至政府的工作人员，都为佩戴这枚胸章而感到自豪。

许多女生，在衣着色彩单调的年月里，因佩戴一枚这样的胸章，再佩戴一条红色的纱巾，让人感到耳目一新，俏丽、活泼。男孩子也因为有了这枚胸章，而感到成熟稳健。

这枚胸章，不仅是在装饰成长中的男生女生，他们的思想和行为也受到了这句话的影响。记得有一次放学的路上，一个老人突然在马路上摔倒了，我们一群学生奔跑过去，没有一丝半点的犹豫。有的在察看老人的病情，有人提议马上做人工呼吸，真有学生俯下身，跪在老人面前，一口又一口地往老人嘴里吹气；另外一些学生，手拉手站成了一圈，把老人围在当中。圈外的学生有的去拦车，有的飞奔着去附近电话亭给 120 打电话。

后来这个老人得救了，家人为了感谢我们这些学生，做了面锦旗送到我们班里，锦旗就写着这五个字：为人民服务。

后来许多学生写作文，都不约而同地写到了这件事，作文的题目也不约而同地都叫“为人民服务”。

因为这些学生都是当事者，因此写得情真意切，语文老师在讲评作文时，花了足足一节课的时间来读这些发自内心写的作文，老师读得严肃庄重，学生们听得自豪真切。

“为人民服务”在我们 60 年代出生的这拨人中，可以说是深入骨髓和血液。当年有一首儿歌名字叫《一分钱》，歌词是：我在马路边捡到一分钱，交到人民警察叔叔手里边……这也是为人民服务的一种方式。我们这些学生，几乎每天都有人捡到东西，在校园内外，更多的时候见不到警察，我们就将这些拾到的东西交到老师手里，一块橡皮、一支铅笔、一条红领巾、一枚胸章，甚至也有钱包……这些东西汇集到老师手里，老师隔一阵就让学生们去认领，许多学习用具，自然是学生们遗落的，有的被认领走了，有的没人认领。老师就把没人认领的这些铅笔橡皮等交给学校，由学校再发给那些家庭贫困的学生。

我们走在街上，经常会看到一些骑三轮车送货的叔叔大爷们，上坡时吃力地蹬车，汗珠子落在地上摔成了八瓣儿，只要我们看到这样的场景，肯定会义无反顾地冲过去，帮助叔叔大爷把车推上坡坎。叔叔大爷还没来得及说声谢谢，我们小小的身影已经一溜烟地消失得无影无踪了。

那时做好事不留名成为一种时尚，因为有个叫雷锋的战士，是我们学习的榜样。有歌有电影有漫画书讲的都是雷锋的故事，雷锋是我们这代人的偶像。我们每天每时每刻都按照雷锋做人做事的标准要求着自己；把能成为雷锋那样的人，当成自己做人的目标。

后来人们都忙着奔“小康”，学习雷锋和为人民服务的事就淡忘了，远离了我们。偶有提起，会被人认为傻帽儿，落伍了。就在人们淡忘雷锋和为人民服务时，美国的西点军校的学员们，专门开设了研究雷锋的课程。因为雷锋是中国军人，一度成为全社会的偶像。美国军人研究雷锋，不仅是研究这个人，而是研究中国的一代人。

那时，机关、学校、单位的门前都会竖一块水泥做的影壁墙，墙上书写着五个大字：为人民服务。这一座又一座影壁墙成为单位的一种招牌和象征。后来，渐渐这些影壁墙不见了，因为扩建和改造。

这几年，我经常拍摄以六七十年代为背景的电视剧，经常要涉及当年一些典型的景致，但常常为找不到这样的场景而发愁，偶有一些还没来得及拆迁的部队或机关大院，还留有这样的景致，但也因年久失修，“为人民服务”那几个字变得模糊不清了。

一切都会成为历史，这是自然规律。但有一种精神不应该成为历史，它应该永垂不朽！比如，为人民服务！如果我们都能做到真正地为人民服务，任何人自身也是被服务的对象，受益的将是我们整个社会。

世　象

脸盲症

朋友说我是脸盲症，以前见过的人隔一阵子再见，就不认识人家了。尤其是参加各种活动或聚会什么的，总有人会比我先到。我走进来，冷着眼睛把屋内的人大致扫了一圈，发现并没有熟悉的面孔，这时主人还没出现，我就会找到一隅坐下来吸烟。有时烟还没点燃，便有人热情地过来打招呼，嘘寒问暖后问一些我曾经熟悉的事或人，仿佛和我很熟悉，看那架势，我曾经和人家勾肩搭背过。看这人面相，我的确想不起在哪儿见过，于是就拘谨地应和着，把陌生的笑挂在嘴角。来人似乎看出了端倪，便提醒道，咱们某时某地谈过项目，或者，咱们和谁谁一起喝过酒。我这才一拍大腿，记忆的闸门呼啦一下子打开了，再看眼前的人，果然面熟，于是不再拘谨，老朋友似的热络起来。

我这人不知从哪天起患上了这种脸盲症，只记事不记人。可往往是，先有人才有事，在我这里本末倒置了。

时间久了，有人就说我这人牛，不爱搭理人，装！平心而论，这么评价我，真是大错而特错，我一面感到委屈，一面自责，拍着脑袋问自己：记忆怎么这么差呢，是真的老眼昏花了，还是故意要装？我当然不是个爱装的人，和我很熟悉的朋友，都知道我不是那种人。

因工作关系，我见的人很杂，年龄差异也很大，许多二十几岁、三十来岁的年轻人，在和我熟了之后，都会说：石老师，没想到你这么平易近人，一点架子也没有，见你之前我还紧张呢！

这种情况大都出现在男孩子身上，大多男孩子在我见过两三面之后，或深或淡地总会给我留下印象，再次相见时，热络的情景自然也亲切。

相反，对于年轻姑娘我总是留不下深刻印象。朋友老吴离异之后，身边经常换各种姑娘，许多姑娘长得都差不多，刚开始出于礼貌我还询问姓甚名谁等等，后来老吴换得多了，我也懒得问了。

有次和老吴见面，老吴的女朋友就坐在我身旁，酒过三巡之后，我又出于礼貌，询问姑娘的名字。姑娘不说话，只是抿嘴笑。老吴不高兴地拍了我的肩道：这是小方啊，你们都见过多少回了，怎么又不认识了？我望着身旁的姑娘，突然想起这个小方有印象，老吴在一次聚会上专门介绍过。

这件事情发生后，弄得我很尴尬。

为了不再让这种尴尬发生，我就问朋友该怎么办。朋友扒了我的眼皮看了看说：你虽然眼球混浊了，但看清事物的能力还是有的，要不你下次见人主动和人打招呼。

我想朋友出的招也许是个好办法。从那以后我会主动地微笑、点头，甚至打招呼。叫不出人家的名字，说声你好总可以吧。这样试了一段时间之后，果然收到了比较好的效果，那些半生不熟的朋友，在酒酣耳热之际，亲切地捶着我的胸膛说：老石，你没变，还是老样子。

我就很满足地笑，不仅把笑挂在眉梢，还写满腮帮子。一顿聚会下来，出了门，满脸的肌肉酸痛，有时得抽自己好几个嘴巴子，这种难受的感觉才得以缓和。辛苦点是小事，混个好人缘，别人不再说我装才是大事。一把年纪了，让人背后说三道四总不是一件愉快的事情。

朋友的主意不错，为了治我自己的脸盲症，主动微笑打招呼，不论熟人和生人，都不会讨厌我这张笑起来满是褶子的老脸，人们反而会一遍一遍地说：老石这人行，还是老样子。

“老样子”是什么，我不记得了。因为我自认为，我一直是这样的人，除了以前不爱笑，现在为了治脸盲症多了些笑之外，从里到外真的没变过。人家说我“老样子”，这也没错。

直到有一次，又参加一个什么聚会，这个聚会的地点在一家酒店的二楼餐厅的某一间内。主人很客气，服务也很周到，在一楼就安排了人迎接。进门时，我们来了好几个人。招待的人帮我们按了电梯，一直到电梯上行了，我才想起要微笑，打招呼。于是冲电梯里每个人点头微笑，目光所及的人，也向我回以点头式微笑。其中一个打扮得入时漂亮的年轻姑娘，对我的回应尤其热烈，仿佛和我熟络得很。就在电梯停在二楼的一刹那，她还一步过来，亲热地挎住了我的胳膊。香水和女人的气息弄得我心旌神摇，竟一时不知如何是好。

别人都走下了电梯，我正犹豫间，电梯门关上了。我诧异地望着身边这个香气四溢的姑娘，她头几乎扎在了我的怀里。

我说：错了，是二楼。

她说：是三楼，你记错了。

电梯转瞬就开了，三楼到了。我几乎被这个漂亮姑娘拥出了电梯。走出电梯我才明白是怎么一回事，原来三楼是酒店洗浴的地方，门口立着猩红的招牌，上面醒目地写着保健足疗、推油、按摩等等项目。

我甩开这女人的热情相拥，丢了一句：真错了。然后狼狈地逃到二楼，电梯都没来得及去坐。

走进包间，同乘电梯的那几个人已落座喝茶了，看见我进门，都怪异地看我。我面红耳赤地坐下，忙解释：错了！

众人只含蓄地笑，并不说什么，很理解也很宽容的样子。

那次聚餐后来又来了许多人，也碰到了几个真正的熟人，话题热络，气氛祥和，可我一直游离在外，心里仿佛吃了一只苍蝇。

那次聚餐之后，我就下定决心，恢复原样，认识的就认识，认不出来的就依然故我。别人背地里怎么评价我，那是他们的事。

人这一生会见到许多人，有些人会留在你心中，浮现在眼前，不认识的，就继续不认识也罢。

邻　居

几乎每天傍晚出门遛狗都能看见邻居家的张婆婆。

张婆婆差不多七十几岁的样子，头发花白了大半，一张知识分子的面孔。为人很热情，只要远远地看见我牵着狗过来，便迎上几步，礼貌地和我打招呼。更多的时候，我会停在她面前聊两句。起初大部分话语都是围绕狗展开的，她夸我的狗漂亮、温柔，还会伸出手去摸我的狗。我的狗每次都很配合，半坐在她面前，微笑着让她抚摸，一副享受的样子。

渐渐熟了，她不仅限于聊狗了，而是打听我是来自中国哪里的，住在美国多久了，等等。我也了解到，张婆婆是来自天津，以前是一家医院的医生，几年前被三儿子接到美国，后又申请了绿卡。我问她最多的一句话就是：在美国习惯吗？她不说习惯，也不说不习惯，只是笑笑再答：孩子是好心。我便也笑笑，牵着狗离去。

在我居住的这片半山小区里，有几户人家长了东方面孔，却说不准是哪儿的人。在美国人情世故比在国内冷淡，似乎都怀着某种戒心，即便走过对面，也只是点头微笑而已。

张婆婆对我却是个例外，有时我遛了一圈狗回来，天已经擦黑了，她仍站在自家门前，向远处眺望着什么。天空中有一架又一架航班客机排队准备降落，不远处山下，已是灯火一片。张婆婆是在看风景吗？我和她又打了招呼，她应了，想说什么，欲言又止的样子。走了很远，回头再望时，张婆婆仍然立在自家门前，凝望着什么。我想，张婆婆是孤独的。

因为张婆婆，我认识了她的儿子。张婆婆儿子姓王，四十多岁的样子，他和我说了他英文名字，但我没记住，只知道他姓王。张婆婆儿子是搞 IT 的，每天很忙的样子，有时他开车回来，半路上碰到我，会摇下车窗打个招呼。也仅此而已。

最近这半年，张婆婆却很少立在家门前了，每天走到她家门前时，我都觉得心里空空荡荡的，不时引颈向她家院里张望，院内一如既往地安静。

偶有一天，突然又看见了张婆婆，半年没见了，张婆婆似乎憔悴了不少，头发也是乱的。我驻足在她面前，她看了我半晌，似乎认出了我，却说了句有头无尾的话：你知道张集吗？她这么问，我一时不知如何作答，只是问：哪个张集？是在天津，还是在北京？她却没有顺着我的话说，思维跳跃地说：刘记者长得好白，戴着眼镜，他调到军区去了。张婆婆说这话时，目光是散乱的，望着远处什么地方。头顶的天空又有几架民航客机缓慢地向机场方向飞过去。她似乎被天上的飞机吸引了，喃喃地道：我就是坐飞机来的。她的三儿子不知何时出现了，冲我礼貌地笑一笑，扶着张婆婆向自家院里走去。

我走出几步，听到身后的铁门被关上了。

我不知张婆婆出了什么问题，反正和以前的张婆婆不一样了。

从那以后，我便很少见到张婆婆了。大约又过了几个月，天气已经热了。在又一次遛狗时，我看见了张婆婆的儿子，他热情地迎上来，询问我何时回国。我说出了归期。他犹豫着想说点什么，又没说，然后点点头，走回自家院内。

我归期还剩下两天时，张婆婆儿子又一次见到了我，这次他下定决心地说：求你个事行吗？我立住脚听他说。他这才又说：我妈要回国，订了和你一个航班，路上麻烦你能照应下。出了机场，我二哥会来接。

邻居又是同乡，这点要求我自然不会拒绝，答应了。张婆婆儿子就很高兴，但又犯难地说：我妈得了老年痴呆，让你费心了。说完指指自己的头。我恍悟过来，原来张婆婆生了病，才说出那些不着边际的话。

回国的航班上，时间很漫长，张婆婆在上飞机那一刻，她似乎很清醒，一遍遍地说：回国了，终于回国了。她露出久违的欣慰的笑容。

飞机飞行了一阵子，她似乎又犯糊涂了，目光散乱地望着我说：刘记者你不走好不好，我要嫁给你。她脸上露出少女般的羞涩。少顷又说：王团长不是我喜欢的人。她目光继续散淡下去，说：在张集你负伤了，那是我第一次认识你……十几个小时的飞行中，张婆婆一直说着张集、刘记者、王团长。老年痴呆症我了解一点，病人会记住从前，却忘了当下。

飞机在北京落地，我在出站口如约地见到了张婆婆的二儿子。他见到了安然无恙的母亲，对我千恩万谢，我们还互加了微信，他反复强调，约我去天津，要好好招待我。

不知为什么，我总是担心张婆婆的病情，便不停地和她二儿子微信联系。二儿子告诉我，母亲住院了，就是母亲退休前曾经工作过的医院。从和她二儿子只言片语的微信中我了解到，张婆婆以前是名军医，参加过淮海战役。我问到了张集。二儿子说：张集是淮海战役中的一次战斗，母亲那会儿就在野战医院工作。二儿子还告诉我，他的父亲，那会儿是名团长，就是那次战役后，父亲娶了母亲。

二儿子的话，让我的思绪连成了线，张婆婆在张集的战斗中，遇见了刘记者，并爱上了他。但却嫁给了她并不喜欢的王团长。故事听起来简单，却是隐藏在张婆婆内心中一辈子的遗憾。

张婆婆回国了，住进了自己曾经工作过的医院，这样我心安然了许多。再次回到美国时，路过张婆婆三儿子家门前时，我经常会停下来，似乎张婆婆还立在那儿，满脸笑容地和我聊上几句。在我离开时，她会向远方的天空眺望，她的目光穿越了千里万里，又回到了张集，那里有她认识的刘记者、王团长，以及青春的记忆。

一年后吧，我突然接到了张婆婆二儿子的微信，他告诉我，母亲去世了，和先行而去的父亲合葬在郊区的一片墓地里。他还发来了一张墓地的照片。墓碑上写着张桂华之墓。我这才知道，她叫张桂华。碑上镶了一张她年轻时的照片，我把手机屏幕放大，看到了她的眼睛，正渴望地望着远方。年轻貌美的张桂华在渴望什么呢？

作家和书房

作家的书房是因为工作的需要，书房是作家灵魂栖息的地方。然而，在寸土寸金的都市，拥有一间书房却成为一件奢侈的壮举。

二十年前，我在北京拥有了自己第一套住房，两室一厅，无论如何安顿，也规划不出一间书房。无奈，只好把主卧的阳台稍加改造，变成了一间书房。三平方米左右的空间，一桌一椅，已占据了阳台的大半个空间。狭小一些也罢了，冬冷夏热的命运却无法改变，冬天冻手冻脚，夏天烈日暴晒，写完一部作品出门见人时，人家会说我像出去旅游刚刚回来，可见阳台的阳光堪比沙滩浴。

写作本来就是件痛苦艰辛的工作，因为书房的简陋，身体和内心同时受到煎熬。当时还年轻，写作欲望强烈，全把这一切当成了苦其心志、劳其筋骨的历练。好在写作比拼的是智慧和毅力，而不是舒适和奢华。

阳台上的书房见证了我那几年创作的经历，每年一部长篇、几部中短篇，还有剧本的创作。阳台窗外的落雪和雨滴成了遥远又清晰的记忆，那时体力尚好，想象力充沛，并没因阳台上的书房而耽误半点创作。

几年后搬了一次家，拥有了一套三居室的房子，自然地就拿出一间做书房。房间仍然不大，但却是一间完整的书房，有桌有椅有书架，窗台上还可以摆放几盆绿色的植物。那会儿时常有电视媒体来采访，写作可以，接受采访就显得狭小了，支完灯光，摄像机却无处安放，只能把机器摆在客厅里拍书房中的我。我在书房内摆出写作状态或对着镜头答记者问，自己变成了演员，从最初的面对镜头不知所云到最后对答如流，状态好了还能妙语连珠。

那些日子，书房变成了我表演作家的梦工厂，谈创作谈人生，希望更多的人在电视上能看到我，把我的感悟和对人生的思考传达出去。那时最大的愿望是拥有一间更大的书房，便于采访者的拍摄。

又是几年后，我换成了四室的房子，为了让书房变大，两间改成了一间，书房果然大了，不仅有书桌书椅书柜，还可以摆放罗汉床，写作间隙可以小歇喝茶。

书房大了，采访的媒体却少了，有时坐在书桌前，会下意识地去看手机，似乎在期待媒体的来访。

人无千日好，花无百日红，媒体已不再关注时，心便回到了原有的位置。思考写作便成为日常。人都会有浮躁的时候，正如草木经历过的四季，作家最好的出处是把自己的思想和对人世的感悟放到自己的文字里，与人共享。

人终极的快乐是思想，一日三餐、服饰衣着以及住房皆是附加的身外之物，是应景而生，而不是必须的。幸福指数的高低取决于灵魂的质量，而不是身外之物的多少。

坐在此时的书房里，时常想起曾经拥有过的阳台上的书房，看落雪飘雨的过往，怀念寒冬酷暑的日子，点点滴滴变成了一种美好的记忆。

人的胸怀不可能用斗室去丈量，作家的书房在心里而不是房间。

男人二十三十

过完二十岁生日，即是人生起航时。

二十岁到三十岁，总觉得时间过得很慢。二十出头，刚从学校毕业，忙着找工作；工作有了，看什么都是新鲜的。初入社会，“嘴上无毛，办事不牢”，没人真正地尊重你，即便你有一千种想法、一脑子的热情，都一股脑儿地想贡献给这个社会，人家也总会用一双审慎的目光望你，审慎中带着些许宽容、鄙视或者轻视，然后就冲你说：再考虑考虑。其结果就是，你的建议和设想便没了踪影。于是你在内心里就吼一句，等老子当了领导，如何如何，发了一遍又一遍的豪言壮语。而那也就是豪言壮语而已。

二十岁，并不觉得姑娘有多好，看身边的姑娘就是姑娘，同龄人而已，乳臭未干，架着翅膀叽叽喳喳的一群小鸟而已。相反，对那些三十岁左右的女人更加关注，原因是她们的成熟。她们的内涵像她们日渐丰腴的身材一样，她们不再叽叽喳喳，而是顾盼流莹，总是抿嘴微笑，一副见多识广深藏不露的架势，这样的女人深得二十岁出头的小伙子景仰和喜爱。

二十岁出头谈恋爱，其实并不懂爱情，大多时候是受荷尔蒙驱使，热情冲动不管不顾，横冲直撞，同龄的女孩子不喜欢，女孩子家长不欣赏。只是混个杂耍练个身手而已。

二十五六岁，如果还没有女朋友，热心的街坊邻居、亲戚朋友便开始为你的终身大事张罗起来，如果你是个听话的孩子，而且还有想早日成家立业的打算，便开始轮着番地见各式各样的与你年龄相仿的姑娘，场面多样迥异。但有一样是不变的，那就是姑娘的眼神，她们像你的领导一样审慎地判断你、分析你，审慎中带着挑剔和不屑。同龄的姑娘们心气很高，希望你高大帅气，才华横溢，只有这样的男孩子才可称为潜力股。不仅姑娘这双眼睛这么审视你，躲在姑娘身后父母的眼睛仍然在打量你，你不是在和一个人谈恋爱，而是和姑娘背后的父母以及七大姑八大姨们在一起较量，你得过五关斩六将，才有可能领到一张复活赛的门票。

二十多岁的男人在任何人眼里都是还没成型，任何人都有权力对你说三道四，品头论足。好钢就是这么锤炼出来的，如果你不是块好钢，也将在这一轮角逐中惨遭淘汰。

人生残酷，适者生存，这就是人生的法则。奉劝有志气的男孩子，不要过早地恋爱、成家，因为那时你一无所有，别人是在挑你，你选择不了别人。如果你真是块好钢，等到自己淬过火了，翅膀硬了，你再挑选姑娘。那时姑娘多得是，任你挑任你选。

你在被反复淬火的煎熬中，漫长的十年终于熬过去了。三十岁才是男人一生中的第一道门槛儿。

俗话说：男人三十而立。是钢是铁是铝是锌已看出端倪了，如果混得不错，也会在社会上谋到一个小职位了，生活和社会经验也积攒了少许。年轮的成熟折射到内心，你的行为举止开始慢慢稳重而又得体了。目光安详起来，审慎地打量着这个世界和走近你的人或物，在别人眼中，你是比较值得信赖和牢靠的人。说话办事，慢慢地你会获得几分尊重，因为有了尊重，你的自尊心像春天发芽的草，开始疯长。因为自信，男人的魅力便开始显山露水。

在姑娘们的眼里，三十岁的男人才是个男人，她们开始正眼打量你，凑过肉嘟嘟的小嘴冲你搞怪卖萌，尽显娇态和青春。如果这时你还没结婚，你可以审视一群又一群姑娘，在她们当中挑来拣去，总有一款适合你。

这时处在高峰期的荷尔蒙在你体内已开始回落，你变得不再横冲直撞，理性回归，谨慎地对待自己的婚姻和爱人，家的责任已落在了你的肩上。不做荷尔蒙的奴隶，成为责任的基石，男人经过锤炼的筋骨要像好钢一样坚挺。

事业是树，爱情是树上的果。什么树便结什么果，因为你是块钢了，社会要用你，家庭要用你，满身沉重，腰椎虽在铮铮作响，但你不能弯曲，且不容有失，你奋斗再奋斗，努力再努力，奔自己的前途，奔家庭的小康。如果不出意外，这时你的孩子也应该降临到了人间，多了一张小嘴，你又多了份责任，满身的骨头也在咯咯作响了。

三十多岁的男人，只能往前走，没有回头路。上有老，下有小，更容不得你有半点闪失。你就像一头耕地的牛，生活是无限延伸在前方的田垄，你只有埋头犁。

当你想喘口气，歇歇脚时，一下子就到了四十岁。

天凉好个秋，你照镜子时，突然发现鬓角或头顶已有了几丝白发。你在心里就咒：怎么一晃就到四十了?!

二十岁的光阴在煎熬中过得永远很慢，三十岁的时间被责任压得只顾拉犁，十年时间变成了一瞬间，生活让时间变短。

四十岁以后的男人又是别样的风景了！

男人四十五十

俗语说：四十而不惑，五十而知天命。

四十岁的男人，完成了人生第一次历练，家庭和社会的地位已初具模样。前有目标，后有追赶者，健在的老人年事已高，孩子到了成长中的关键时期，不惑的思想在游移徘徊，体力和精力已不如三十岁时那么旺盛了，而身上的担子却越来越重。想风轻云淡，却没那个心境，树欲静而风不止。搅动树的风越来越大，树只能在风中舞动。四十岁的男人，又挺直腰杆，迎着风，踩着浪，一如从前，再次踩进生活的旋涡。

在单位里，或许已经是个不大不小的中层了。独立创业的，也许事业才刚刚起步，正在爬升阶段。孩子指望你有个幸福稳定的家，年老的父母期许你出人头地，与众不同，朋友们把你当成个人物，引以为傲。在社会中你是中坚力量，承上启下，这么多的期望像一块块垒起的砖石，压在你的肩上，虽然沉重，但必须前行。你时常会听到身上的骨节在铮铮作响，你把它当成是生活吹响的号角。

四十岁的男人，已经是社会的主角，不想谢幕，但面对后来者的气势汹汹，却担惊受怕，不敢泄缓，一不留神怕让世界把你落下，只能撑起腰杆，不敢回头。闲暇时还能大快朵颐，大口喝酒，酒醉之后，搓一搓脸，看着已不再清澈的眼球和鬓边多出的几根白发，摇摇头，又一次走出家门。你的身后拉长了对你瞩目和期许的目光，不论风雨，你不能退缩，你是一家老小的大树，要为亲人遮风挡雨。你是单位的领头人，所有目光都注视着你，你是旗手。

一晃，你已经迈进五十的门槛了，望着镜子中的自己，皮肤松弛了，鬓边的白发排成了行，眼神不济，精力也大不如以前，肚腩快遮住了脚面，向前看离退休已近在咫尺，后面的追兵已杀到眼前。你一次次提醒自己，该知天命了。老天注定的一切已经成型，年轻时编织的梦想，似乎远没达到，再看身前身后，林立着那么多你想超越的人和想超越你的人。虽然你一直梦想着自己的生命应该像秋天的天空，清澈高远，四周的景色应该到处都是收获的景象，然而你总觉得属于自己该收获的品种总是那么少，你仍然心有不甘。老的越来越老，小的还在小着，你没有理由享受这秋天中片刻的宁静。摸了摸还算坚挺的腰杆又开始风雨兼程了。

五十岁的你，这才发现比四十岁多了更多的烦乱，孩子要工作、要恋爱，本指望不再操心，却多了更大的操心费力。孩子就像当初刚踏进社会的你，头三脚是人生的开篇，走错一步满盘皆输，你又怎能安心。操心费力了，却不一定应了你的意愿，于是一地鸡毛的家庭琐事，让你的白发又添了几许。老人若健在，已经是高寿了，三天两头跑医院，担惊受怕的景象一遍遍上演。五十岁的你，后院自然有了些积蓄，或殷实或寡淡，不论多少在你的心里仍没止境，总有一种焦虑，虽然你明白生不带来死不带去的道理，可你觉得多少财富都显局促。你此时已成了生活急流中的一叶扁舟，一切成了习惯，只能逆流而上，不再坚挺的脊梁此时已不再铮铮。但人前人后又努力地挺起腰杆，显示出舵手的模样。前方无论是急流或者浅滩，你都要迎难而上，不能退却。

稀疏的鬓发又添了几许银丝，脸上的皱纹又深刻了几分，岁月的沧桑雕刻出你五十年前的轮廓。虽力不从心，但你还在做着最后的挣扎，大快朵颐、大口喝酒的日子已离你而去。遥想当年，你开始怀恋当年的气概，嘴上说得最多的一句就是：要是在当年……你已经没有了当年，此时拥有的只是白发、皱纹和日渐弯下去的腰。

夜深人静，你会经常醒来，想起当年许多琐事，恍然以前的几十年真的弹指一挥间，白驹过隙，人生在低头抬头间匆匆过去，像吃了顿饭，还没嚼出味道，宴席已经结束了。手扶着日渐弯曲的脊梁，喟叹一声，又喟叹一声。夜深人静，不眠之时，开始盘点十几年的光阴。似乎没享过一天福，退休养老带孩子，日出日落，渐渐地被生活边缘化了，那就是享福吧。你觉得那样的生活只是一种无奈，是生命做出的妥协。

手扶着日渐弯曲的腰杆，挣扎着爬起来，生活还要继续，干自己能干的，干自己想干的，也许这就是你的幸福吧。

那年那月那日

小时候记忆最深的当然是过年的那些日子。当下过几场雪，学校一放假，便离过年的日子不远了。先是腊月二十三，过小年，清冷的几声鞭炮炸响，便掀开了过大年的篇章。

在上小学的日子里，有那么几年，每逢过年，都是我们一群伙伴狂欢的日子。我们盼着过年，不是盼穿新衣服，也不是为吃几顿好东西。我们钟情放鞭炮，鞭炮中的最爱是“二踢脚”，一炸两响，地下一个，天上一个。响声干脆，威震四方，清脆的炸裂声，让我们热血沸腾，还有飘在空气中淡淡的硝烟味道，足以让我们沸腾上好一阵子。

大约过小年前后吧，我们便开始缠着父母要钱买鞭炮，父母总是会在他们的钱夹里拿出一些散碎零票塞到我们手上，我们伙伴便相约着去日杂店买上些鞭炮，当然，我们钟爱的“二踢脚”是少不了的。

对于“二踢脚”，我们不仅听它的响动，更重要的是，它是我们手里火药枪重要的火药来源。“二踢脚”膛大，剥开层层包装，总能获得我们火药枪所需要的黑火药。比起放鞭炮，我们手里的火药枪会更加让我们刺激和兴奋。装满火药的枪，往往让我们的腰杆挺得笔直，有底气得很。

父母给的仨瓜俩枣零钱，远远不够我们买“二踢脚”的资费。我们盼着过年，去抢别人的“二踢脚”，确切地说，是别人没放响的哑炮。有时“二踢脚”只炸响了一次，另外一响在空中变成了哑弹，我们便飞奔过去，把“哑弹”抢在手里，剥开，总会有所收获。在过年那些日子里，谁家放炮，我们便往谁家门前凑。

记得有一年，我的同学，马朝阳被“哑弹”伤着了眼睛。马朝阳个子比我们都要高一些，似乎力气也大，遇到“哑弹”时他总能跑到最前面。有一次，邻居家的一位哥哥手里拿着一只“二踢脚”在放，大男孩又总是能把“二踢脚”放得很潇洒，一只手用两指捏着“二踢脚”，另一只手点燃，“二踢脚”往地面一坐，炸响，“嗖”的一声又飞上天。这样放“二踢脚”往往比平时蹿得都高，响声更加清脆。那次哥哥出现了“哑弹”，“二踢脚”半晌没有炸响，他随手丢掉，又去准备放下一个。这对我们来说是千载难逢的机会，蜂拥着向“哑弹”奔过去。当然，马朝阳这次又跑到了我们的前面，他第一个把那只“二踢脚”抓在手里，正咧嘴冲我们笑，突然，那枚“哑弹”在他手里炸响，又蹿到他脸上，他哀号一声蹲在了地上。

他父母赶来，火速带他去医院，据说，再有两公分他的眼睛就保不住了，但还是在左外眼角处留下一道深深的疤痕。最初那道疤是紫色的，很醒目的样子，随着时间流逝，那道疤的颜色变浅，但无论怎么变，那道疤还是很醒目地卧在他的左眼角处。也是因为那道疤，他的左眼有点变形，眼梢往下耷拉着。小时候不觉得什么，但因为他受过伤的左眼角，他没能参军，也没当上他一直喜欢的警察。后来去工厂当了一名工人，再后来又下海经商，当然这都是后话了。

记得也就是从马朝阳受伤那一年的春节开始，我们似乎就长大了，升入到中学，也告别了陪伴我们多年的火药枪。

后来，每到过年仍然放鞭炮，当然雄壮的“二踢脚”仍然是我们的最爱。因为有马朝阳受伤的案例，我们放起鞭炮来总是很小心，遇到“臭弹”，半晌之后，我们才小心走过去，先把“臭弹”一脚踢到雪里去，半晌之后，仍没响动，再踢几脚雪把它掩埋。

再后来，许多城市开始禁放烟花爆竹了，不论过小年还是过大年，都悄无声息的，年说来就来了，一点兆头都没有。清冷的院子，清冷的街道，无精打采的人们似乎早已经把过年的事忘到了脑后，只是放几天长假而已。

虽然，现在过年没了爆竹声，但只要一入冬，一下雪，我站在窗前，总会有那么几次愣神。“二踢脚”的脆响，鞭炮的热烈的爆炸声在我记忆深处炸响，似乎又嗅到了空气中的硝烟味道，让我在瞬间又热血偾张，依稀又回到了童年，某年某日某月的那个春节。

同学马朝阳早已人到中年，前两年宣布退休，把公司交给儿子打理。每到过年我们都会打个电话互致问候，寒暄几句之后，我总会半开玩笑地问他：今年过节放炮了吗？他在电话那头停顿两秒，然后发出爽朗又洪亮的大笑声。我们在此时似乎又一起穿越到了那年那月那日的春节。

故乡还有多远

时间到了 2021 年之后，齐长城脚下樵岭前村，一个普通农民，用影像把瞬间定格在记忆里。《一个村民的影像报告》呈现在我们的面前。

作者记录了一个村庄和一个时代的角落，村庄里的农事、街景，最长者与最幼孩童，时光在拉长又延伸，连接着过去与未来。这是一种怎样的乡愁和记忆。几千年前的齐长城为证，人类从远古的农耕时代，一步步走到了今天。时光是那么漫长，时代又那么久远，在以往的时光流年中，是那么缓慢，似乎只有日脚在流动。恰恰进入 21 世纪后，人类似乎进入了时光隧道，一切都被抛在了身后，过往都成为了历史。

以前，我们从乡村走向城市，路总是那么远，又如此艰辛。似乎在一夜间，我们往城市的道路，一下子短了，也容易了。一拨一拨人，从乡村走来，当然也包括齐长城脚下樵岭前村走出的年轻后生。他们生于 20 世纪 80 年代或 90 年代，他们脚步匆匆，喜气洋洋，离开村落，奔向象征文明的城市生活。他们前赴后继，络绎不绝。曾经生养他们的村落只剩下了记忆。

当然不仅樵岭前村，中国偌大的农村又何尝不是如此，留下的只是我们曾经的记忆。《一个村民的影像报告》，通过零散、不经意的影像为我们保存住了这份寥落和空寂。我们曾经熟悉的一切变得遥远而又模糊。

我们从乡村走来，在城市里打拼，安家立业，供养过我们的乡村更加遥远，似乎已成了往事。打拼成功者，接出父母、长辈，离开那片土地，到城市的钢筋水泥中生存。他们为逃离土地而感到庆幸，但一年，总有某个时间，又把思绪停住，回望乡村，那里还有我们祖辈的坟茔。于是春节、清明节便成了我们思乡的节日。倘再过个一两代，我们的故人，再也不会葬在故乡，而是留在了城市，我们可怜的乡愁也将荡然无存。

此时，我们都是有故乡的孩子，五十年、一百年后，我们都将失去故乡。乡愁成为词典里的字眼，不论心和情都无法丈量与故乡的距离了。

《一个村民的影像报告》正是记录和再现了我们此时的乡愁和故乡的距离。

海淀往事

颐 和 园

1985 年，我在东北某航空部队当排长。连队里有一个班长，他的弟弟因感情问题上吊自杀了，连队派我去这位班长家了解情况。这位班长老家在河北邯郸，在北京要换一次车，去时转车很顺利，两个小时后，便乘上了开往邯郸的火车。

回来时是一早到的北京，开往东北的火车是晚上。第一次到北京，我想无论如何要去北京的景点转转。

颐和园在我的印象里很著名，甚至超过了故宫、八达岭，我也搞不清这种印象从何而来。

北京站对面马路边上停着几辆中巴车，有几个司机撩起衣服，一边擦汗一边吆喝着：颐和园，每人五块。

一个中巴停在最前面，有几个和我一样的外地人正往车上走，我也走过去。司机三十出头的样子，圆脸，手里托着一个泡着花茶的玻璃杯，北京小哥一边吆喝一边指挥着人们上车，他的样子兴高采烈。人上得差不多了，北京小哥也上车了，把茶杯夹在两腿间，打火，车开了。

车一直向西。第一次来北京，分不清东南西北，我的判断完全是依据太阳升起的地方。北京小哥背对着太阳开。那会儿北京大街上车还不多，出了长安街，路上还坑坑洼洼的，北京小哥就一路颠簸载着我们向颐和园方向开去。我记得车票是五元一位，上车前北京小哥就收了钱。

这辆中巴车似乎患了哮喘病，不停地咳嗽着，嘶着嗓子一路开过去。

记得开到一个河边，再往前走就是颐和园了，车突然停下了。我看见车头冒出一缕蒸汽，热气蒸腾的样子，北京小哥咒了句，下了车。机器盖子掀开了，一股更浓烈的热气扑面而来。小哥捣鼓一会儿回来冲我们说：开锅了。

小哥对这一带似乎很熟，他转过身子冲我们说：前面就是蓝靛厂，我有个哥们在这儿，咱们到那儿加点水，转个弯就到颐和园南门了。

小哥见我们犹豫和为难，又道：这么着，我给你们每人退一块钱，算是补偿。不等我们同意，小哥过来，给每人手里塞了一块钱。事已至此我们只能听他的摆布了。

车开不成了，我们只好下车去推，歇了几次，又推了几程，车就停在那个叫蓝靛厂的地方。街边马路旁，有几栋红色的楼房，还有一个厂房似的建筑。

小哥就往那几栋楼跑去，我发现除了红砖楼房之外，其他地方都是庄稼地，正值盛夏，周围的庄稼正长得枝繁叶茂。

不一会儿，北京小哥从楼群里提出一桶水来，歪着身子急煎煎地向车这里走来，他身后跟着他的那个朋友。朋友也三十多岁的样子，趿一双拖鞋，嘴里叼着烟。北京小哥往车里加水，他朋友一脸坏笑地看着我们。

车终于加上水，小哥把水桶递给他朋友道：谢谢了哥们。小哥的朋友把烟头弹到路边的地上，很潇洒的样子。

车昂扬着再次打着了火，便一路开去。果然，没走多久，就到了颐和园的南门。

那一次，我不仅记住了颐和园的模样，还记住了蓝靛厂的名字。北京小哥给我们解释说：这是给宫里人染布的地方。当然，不仅给皇宫里染布，解放后，又给老百姓染了许多年的布。在 1985 年，我不知道蓝靛厂是否还染布了。

二十年后，我居然搬到了蓝靛厂，此时这里被开发商开发了一个叫世纪城的地方。到处楼房林立，早已见不到昔日的庄稼地了。只有蓝靛厂这个地名还在，记录着一段历史。

现在我经常会散步，沿着运河边走到颐和园的南门，时常想起第一次来颐和园的情形。当年拍的几张照片已经遗失了，但记忆仍在。变化的大千世界，不变的颐和园。

魏 公 村

到了解放军艺术学院才知道魏公村这个地方。1989 年秋天，我来到了解放军艺术学院文学系上学。

那时魏公村路口有一个报刊亭，我经常去那里买杂志和报纸。报刊亭附近永远有两个新疆人在卖羊肉串，对面还有一个卖煎饼的。顺着胡同再往里走，有一家新疆人开的饭店，还有几家别的小馆。这是我们经常光顾的地方，有时夜都深了，饿了，就走过马路来到新疆饭馆，点两瓶啤酒、几个小菜。那会儿觉得吃什么都很香。久了我们认识了许多小店，再出来吃饭时，就多了几种选择。

那会儿，魏公村门前这条路叫白石桥路，路还不宽，向北走，过了理工大学，路旁的树就茂密起来，是梧桐树。夏天宽大的叶子遮去了日光，一片阴凉。秋天落叶，走在上面一片细碎之声。这是我们经常爱走的一条路，路是青石板铺成的，一直向颐和园方向铺展开去。有人跟我们说，白石桥路是一条皇家之路。从教室出发到动物园，再到颐和园，这是当年慈禧去颐和园度假必经的旱路。慈禧去颐和园一般不走旱路，而是坐船，从筒子河到动物园，再到颐和园。当年动物园也是皇家园林之一，有慈禧的驿站。这条路是官人骑马走的，给慈禧运送食物、传送奏折都要走这条路，旱路比水路快。路便有了皇家的气派，两旁是树，中间是青石板铺成的路。马鞭声碎，边关告急，不知慈禧当年是何种心境。顺着这路一直走下去，过了中关村，不远就是圆明园了。

从魏公村顺着白石桥向南走，有个紫竹院公园，再往南一点就是著名的白石桥了。一座石头桥，下面流着水，从动物园流向紫竹院，这就是当年慈禧走过的水路，还依稀能看到以前的模样。

紫竹院也是我们经常散步的地方，那会儿紫竹院还收门票，晚上六点之后就不再收了，一般我们都七点左右走进去。早晨有人到这里跑步。

偶尔也会去一下动物园，坐三站公共汽车。来动物园大抵是周末，不是为看动物，就是为了散散心。坐在一隅，望树，看天，看人，那是另一番情境了。

有人说，以前魏公村这儿是一片坟场，军艺的校园就坐落在坟场上，有时能听到孤魂野鬼在哭泣。我在那儿住了六百多天，一次也没碰到过。

军艺的生活，让我们的脚步走遍了魏公村一带的大街小巷，留下了青春的记忆。

后来白石桥路改成了中关村大街，让人生情的梧桐树没有了，石板路也不在了，变成了一条更加宽阔的马路。再后来又通了地铁。再去魏公村时，昔日的胡同不见了，变成了一座座高楼。饭店依旧有，却是大馆子了。

我依旧怀恋八九十年代的魏公村，具有人间烟火的魏公村。

历史被现代碾压，只剩下记忆。就像人生，回忆的是想当年……

中关村

1993年我拥有了第一台电脑。电脑是186的PC机，最老的那种。

电脑是在中关村购买的，一位稍懂电脑知识的朋友带我去的，那会儿的中关村就是一条街，没有楼房，只有几家门面房做着经营电脑的生意。卖我电脑的是三个大学生，刚毕业的样子，租了个门面。那会儿电脑都是攒的，三个大学生在一条胡同里某个房间把电脑攒好，在门面房里卖。

我和朋友跟他们其中的一位讲好价钱，他们就走出门去，推一辆板车到对面马路胡同内的某间库房去取电脑。过了一会儿，三轮车和三个大学生出现了，车上拉着电脑。验货交钱，自此，我便拥有了平生以来的第一台电脑。

每次开机时，主机都要发出巨大的轰鸣声，接着要输一串命令，才会进入系统。用这部电脑我学会了用“五笔”打字。

写了一本书，大约写到三万多字时，文字突然消失了，不论怎么找也找不到了。我恨不能把电脑砸掉，后来只好又在稿纸上写。

一直过了很久，我才在电脑上写了第一部中篇小说。

后来又去中关村买过电子设备，中关村在大兴土木，一片工地的景象，卖我电脑的那个门脸不在了，那三个大学生也不见了踪影。后来中国有了 IT 产业，我就想，也许那三个刚毕业的大学生已经成了 IT 界的精英了。

许多年后，我仍能记得那三位大学生的模样，头发焦枯，似乎没睡醒的样子，还记得他们隔着马路费力地推着平板车向我走近的身影。若干年过去，他们的样子仍在我脑海里挥之不去。我在思考，这就是我们第一代 IT 人的缩影。

后来再去中关村，高楼大厦林立，已经辨不出当年的模样了。许多中国著名科技公司在这里诞生了。

每次早高峰时，开车从西四环进到北四环，都会堵车，过了中关村入口路况才有好转。中关村在兴旺着，我也为此感慨。

西　山

女儿小学二年级寒假，在市场买了两只兔子。从那以后，她开始精心侍弄这两只宠物。两只兔子刚买来时很小，刚生下来不久的样子。院内有一个菜市场，女儿每天放学回来，第一件事就是去菜市场买青菜，进门就蹲在兔笼前喂兔子。两只兔子在女儿精心侍弄下长得很快，其间又给两只兔子换过一次笼子，笼子很大，足以装下两只成年兔子了。

后来到了春天，草青草绿，女儿再放学回来时，总要在院里找些草或树叶，依旧是喂兔子。兔子长得很快，已长成成年模样了。有一天突然发现一只兔子怀孕了，腰身明显粗壮起来。当时买兔子时，卖兔人就告诉女儿，这是一公一母。当时，我也没当回事，以为卖兔子的人就那么一说，哄小孩的。没想到，此言不虚。

兔子怀孕了，看样子月份也不小了。兔子若生下来将是场灾难。两只兔子养养还可以，要是一窝兔子真成了灾。

我劝女儿把兔子放生，做了几次工作之后，女儿同意了。在一个周末，我拉着女儿和兔子向西山驶去。我想，放生兔子西山是最好的去处，一是离我住的地方不远，二来，兔子在草深林密的西山有利于生存。

车驶到西山脚下，在一个平坦处停下车，我一手拎着兔笼，一手拉着女儿的手向西山爬去。在一处有草的地方停了下来，不能往前走了，前面都是树，枝杈纵横交错，人没法近身。我们把兔笼打开，兔子却不出来，哄了半晌，两只兔子才慢吞吞从笼子口出来，东张西望。女儿怕兔子没水喝，走前拿了瓶矿泉水，兔笼里有个碟子，此时拿了出来，女儿在碟子里面倒满了水，把开口的矿泉水又放在一边。也许兔子对大自然有些胆怯，竟不愿意远去，我拿着石子去哄兔子，兔子终于向前挪了挪身子。怀孕那只母兔很吃力的样子。

我拎着笼子，牵着女儿一步三回头地离开了树林。

一周后，女儿放不下兔子，还想去看看兔子，我们又一次来到了西山为兔子放生的地方。两只兔子不见了，那只盛水的青花瓷碟还在原地，里面多了些土，矿泉水瓶歪倒在一边，里面还有水。女儿把碟子清洗了，又倒了些清水，冲树林里呼唤两只兔子的名字，连个兔子影也没了。女儿眼里多了惆怅。我暗自在心里祈祷：千万别让人抓去吃了。

那次之后，又过去几个月的样子，我带着女儿又去了一次西山放生兔子之地。那只青花小碟还在，矿泉水瓶不知被风刮到何处去了。女儿一直放心不下那两只兔子，装兔子的笼子至今还放在我们家的库房里。

女儿小学毕业时，她又想起了那两只兔子，又要去看兔子。我带她又一次来到了西山。眼前的西山已经不是以前的西山了，通往西山建了一个大门，这里变成了国家森林公园，收门票。

我带女儿走进了森林公园，走进了西山，可惜，以前放生兔子的地方已经找不到了。我跟女儿说：兔子现在儿孙满堂了，在西山里享受着一家天伦之乐呢。女儿没说话，两眼痴迷地望着树木和周围过往的游人。

也许从那以后，女儿断了对那两只兔子的怀念。

永远的战友

一年前他从军人变成了文职。那会儿他是军医，现在是文职医生。脱下军装，换成了文职人员制服。脱下军装改成文职他并不情愿，他从小是因为对军人的敬仰才考入军医大学，毕业后便来到了这家部队医院工作，人们都称他为杜军医。

改成文职那一刻，他似乎觉得被这个集体遗弃了，虽然他还是医生，又总觉得哪里不对。每天上班，脱掉外套，换成医生的白大褂时，才发现，挺括又厚实的军装没有了，闲下来时，经常走神，总是想起自己穿军装时的样子。

有病人再热情地称他为杜军医时，虽然他仍然点头微笑，却没了往日的底气，在心里说：我已经不是军医了，是文职医生。这么在心里说过，惆怅便弥漫在身体的每个角落。以前每天从家属区来到医院上班，军装笔挺地穿在身上，路人便纷纷向他侧目，他很骄傲，内心洋溢着作为一名军医的自豪感。如今他成了文职，每天上班时，总是在文职服装外再套一件其他服装，唯恐被人看见。每天上下班就像做贼一样，心虚得很。他在心里一遍遍地告诫自己：我已经不是军人了，就是一个普通文职人员，一名普通的医生，昔日军医的光彩已不复存在了。

这个春节他本想回老家，高铁票已经订好，回老家的年货也准备下了。以前，每当过年过节，他都会被列入值班名单中，其他人放假，军人就要值守在最需要的地方。他也没觉得有什么不好，军人的职责，名正言顺。这是他改编成文职人员后，第一次休春节的假期。就在他刚准备出发，衣服已经换好，正准备在手机上叫出租车时，突然一条医院群发的短信石破天惊地出现在他手机屏幕上：接到短信的战友，十分钟后在医院会议室集合。这是命令，他看到短信那一刻身体一抖，下意识立正站好，就像在军人的队列里。命令就是命令，他从手机中退出打车软件，快速地下楼，向医院奔去，一如往常的军人速度。

命令终于下达，所有接到短信的战友，两小时后在机场集合，奔赴抗疫前线。命令就是十万火急刻不容缓，在机场专机前，他看到了几家军队医院的医护人员都在朝着这里集结，一队队一列列，所有人都穿着统一的作训服。抗疫前线就是战争发起的地方，哪里有危险，哪里就有军人的身影。这是登机前院政委简短的动员。他站在队伍里热血偾张，就像一名随时准备冲锋的勇士。

来到抗疫前线，马不停蹄，培训，接管医院，当他穿上防护服走进病区的那一刻，他变成了战士，一个个倒下的病人，就是负伤的战友，身边就是炮火连天的阵地。防护服变成了战士冲锋陷阵时的盔甲。后背上有他的名字：某某医院，杜守方。他父亲是名军人，虽早已离队，但军人的情愫却伴随了父亲大半辈子。他出生时，父亲刚从部队转业，希望他也能成为一名军人，守卫四方。于是便有了守方这个名字。后来他如愿地成为一名军医。文职医生让他心里刺痛了好久。

在一张重症监护室病床前，一位中年男人捉住了他的手，虽然隔着手套，但他仍能感受到中年男人的热情，病人气喘着说：杜军医，看到战友们增援，我有希望了。病人断续地告诉他，自己也曾经是名军人，不料被疫情击倒了。病人颤颤地举起手在病床上给他敬礼，他立在床下给病人还礼。那一瞬，泪水在他护目镜后面模糊了双眼。他向曾经的战友还礼。

十天后这位战友出院了，他们医护人员为出院的病人送行。昔日的战友，又举起了手臂向他们敬礼，所有人排成一列向他还礼。战友含着泪道：我虽然看不见你们的模样，但我知道你们是我的战友。一句话让所有送行的人泪目。

又一次，一位大妈见到他，似乎要在病床上挣扎着坐起来，他忙扶住她，问她有什么需要。大妈半抬着手，泪水突然浸湿了眼睛，半晌，大妈哽着声音道：杜军医，能让我摸一下你吗？他怔了一下，小心地低下头，大妈的手颤颤地隔着防护服在他后脑勺温柔抚摸了片刻。大妈说：看到你就想起我的儿子，我儿子也是名军人，他是名战斗机飞行员。大妈拭着自己的泪。他想起了等他回家过年的母亲，真想热热地叫声：妈。大妈拭了泪，瞬间又刚强起来，说：我没告诉儿子我病了，他是军人，国家需要他，不能让他分心。他向大妈敬礼，代替她的儿子。

几天后，大妈病危，他们采取了一切可以采取的手段，还是没能挽救回大妈的生命。在最后时刻，大妈的眼睛微微张开了一条缝，似乎不甘，又似乎在寻找着什么，他跪在大妈床前连叫了三声“妈”。这是他老家的习俗，呼叫亲人是为了留住亲人的魂。大妈的儿子不在，他替代了。

一批批病人转到医院，他们生命垂危，挣扎在死亡线上。当接诊的人员告诉这些病人，是由某某部队医院负责救护他们时，几乎所有的病人都露出微笑和放松的表情，他们是出于对军人的信任和期待。

一波又一波病人，一个日夜又一个日夜的奋战。疫情终于在他们的手里和眼前退却了，他们胜利了。

当凯旋的专机接他们时，机场跑道边挂着一条横幅：战友们接你们回家。普普通通的一句话，却让所有人忍不住又一次被泪水模糊了视线。他们出征时，专机上一直在播放那首《驼铃》：送战友，踏征程，默默无语两眼泪……如今他们凯旋了，专机机组人员又为他们准备了另外一首歌《人民军队忠于党》：雄伟的井冈山，八一军旗红，开天辟地第一回，人民有了子弟兵……

终于回来了，刚到医院门前，他们便被一面面插在医院大门口两侧的军旗震撼了。一面面军旗在风中猎猎飘扬，留守的官兵以及所有文职人员列队欢迎他们，正中一条横幅上写道：热烈欢迎战友们凯旋。

“战友”这个普通的称谓，此时如一团烈火，在他心头燃烧。热烈滋润。

遍地花香

20 世纪 80 年代初，我驻守在边防某雷达团，后又到雷达站工作了一年。我工作的雷达站地处内蒙古，北部边陲，听老兵说，雷达站离边境线只有几十里，记得从团部到雷达站时，老兵开了两天的车，起早贪黑的，才把我和满车的供给送到雷达站。

我们这个雷达站肩负着战备任务，是双机连，有五六十号人，算是一个大站了。因地处偏远，周围几十里杳无人烟，平时我们休息时也没什么好去处。不知是哪个老兵在离雷达站十几里路的地方发现了一条山沟，说是山沟，其实就是草原上形成的褶皱。每年的七八月这里都开满了黄花，金灿灿的一地，扯地连天的样子。这些黄花簇拥着，在不经意的风中摇摆着，发出阵阵袭人的香气。从那时开始，每到七八月份这条黄花沟便成了我们唯一的去处，从雷达站出来向东走上一个多小时，便是那条令人神往的黄花沟了。后来有人说，这些黄花可以做成黄花菜，城里的饭店一份加些肉片的黄花菜价格不菲。有好事者采了一些回来，交给炊事员去料理，不知是炊事员水平差，还是大锅菜不好炒，做出来的黄花菜味道不怎么样。但这时已有老兵探亲把黄花菜带回家里，品尝过，据说和饭店的味道并无二致。

也就是从那以后，有假期的老兵再去黄花沟时，便多了项采摘黄花菜的任务，士兵们相互帮忙，很快便摘了可观的一片。采好的花并不马上带走，而是摊在草地上，待一周后这些花便干了，才被小心地收回，仔细地留存起来。下第一场雪之后，便有老兵陆续回家休假，带着那些已经干掉的黄花，不久之后，老兵们又会带着黄花菜的故事回来。然后我们望着漫天的飞雪，等待着来年的春暖花开，还有那个关于黄花的美丽传说。

看黄花采黄花一年只有一个季节，更多的时候，我们打发时间最好的陪伴是连队订的两份报纸，一份《人民日报》，还有一份《解放军报》。《人民日报》全连只有一份，放在连部办公室里，用书报夹装订起来，《解放军报》订到班，我们宿舍就有一份。因为我们雷达站地处偏远，交通不便，这些报纸和我们的信件都是团部运送给养车捎来的，大约一月来一次。我们看到的报纸，也大抵是一个月前的了。读报纸时，明知是一个月前的，但对我们来说仍然是新闻，报纸上的人和事似乎就发生在昨天。我们班七八个人，一张《解放军报》不知在我们手里要传递多少回，也不知看了多少遍，原本坚挺的纸张已经变皱发黄，再也发不出纸的声音了，我们仍相传着，报纸上的文字我们几乎都能背诵下来了。在这一个月时间里，这份报纸仍然是我们最好的了解外面世界的一个窗口。读着报纸上的那些文章，所有的军营都热火朝天、人声鼎沸的样子，唯有我们这里冷漠孤寂，仿佛是被世界遗忘的一个角落。我们经常站在某处望着远方发呆，想象着《解放军报》描述出来的热火朝天的军营，我们向往着。

直到一个月后，又有送给养车来，我们已有了新的报纸，清脆的纸张声音在我们宿舍里响着，就像一首美妙动听的音乐。有报纸相伴的日子，兵们的梦都是繁华的。记得有个新兵姓黄，正在学习新闻写作，所有的旧报纸都被他收集了，厚厚的一沓放在床下，珍宝一样地呵护着。有一天，一个老兵吸自卷的烟，卷烟纸没了，便顺手撕下报纸的一角卷烟吸了，被黄新兵发现了，两人大吵起来。我们第一次看见黄新兵发了那么大的火，脸红脖子粗的，差点哭出来，后来又跑到连部告了老兵一状。在晚点名时，指导员站在队列前又重申了一次报纸的重要性，还不点名地批评了那个不爱惜报纸的老兵。弄得老兵很没面子，磨叨了好一阵子。

黄新兵果然在写作上有了起色，他写了许多关于雷达站的新闻和生活趣事，陆续发表在兵种报上，后来被调到团部当通信兵，再后来又考上军校，毕业又成了名新闻干事，这一切都是后话了。

后来我又经历了许多大小单位，从基层到机关，总会有《解放军报》相伴，报纸都是当天出版的，散发着油墨气息。但我总想起在雷达站那些日夜，一份报纸在兵们手里传来传去的情景，还有那个姓黄的新兵，在夜半时分，把一张报纸放到被窝里，打着手电研究学习的情形。

又是许多年过去了，再想读《解放军报》时，打开手机，点开《解放军报》的客户端，报纸上的内容随时随地都能映入我们的眼帘。不知为什么，我还会想起若干年前的雷达站，孤独的时候站在某一处，眺望着远方，想象着报纸描绘出的火热军营，还有那漫山遍野的黄花，阵阵沁人心脾的花香便伴随左右了。

骑马的新娘

莫小北是骑着马来到哨所的，她这次哨所之行，是要完成自己的终身大事。半年前她和哨所的王林排长就商量好了，要在这个夏季完成他们的婚礼。

兵站的车只能开到哨所的山下，还有很长的一段山路，顺着山势高低起伏着，有的路段，就靠近悬崖，悬崖下是深不见底的山谷。

莫小北赶到山脚下时，哨所的老兵牵了两匹马早已等在山下了。在来时的路上莫小北采了一捧薰衣草，汇在一起，一片蓝色被她捧在了怀中。她知道王林就喜欢这种蓝色，他对她说过：蓝色深沉，更适合男人。有一次王林探亲，他们去百花山玩过，那里有大片大片的薰衣草，她和王林站在成片的薰衣草旁，自拍了一张照片，两人幸福地冲着远方笑着，身后是汪洋一片的薰衣草。这张照片成为他们各自手机的屏保。在王林不在的日子里，她只要拿出手机，便看到两人在一片蓝色的海洋里。

老兵告诉她，王林排长巡逻还没有回来，下山接她便由他负责了。这是她第一次骑马，马又高又壮，却非常听话，起初她不敢接近马，老兵就鼓励她道：这是军马，通人性，它不会伤害你。她试着接近这匹马，马似乎看透了她的心思，把头靠近她，还伸出舌头在她手上轻舔了一下，顺势把自己的头偎在她的怀里，做亲昵状。她在老兵的帮扶下，终于骑在了马的身上。马似乎在迎接着她，咴咴地叫了两声，抖一抖身子，老马识途地向山上攀去。

她知道，王林他们巡逻有时就是骑着这样的马匹，王林以前给她发过照片，王林骑在马上带领战士们翻山越岭地巡逻。那会儿她认为王林是世界上最帅的男人。上山的路很窄，容不下两匹马并肩前行，老兵骑在马上只能走在前面。老兵似乎有很多话要说，说王林排长，也说他们哨所，滔滔不绝的样子。老兵还是对她居住的城市北京感兴趣，问这问那的。老兵对北京充满了好奇和想象，她在后面大着声音便一一地答了。老兵后来告诉她，自己最大的梦想就是去一趟北京，看一次升旗。王林上次探亲休假时，他们也赶到天安门前看了一次升旗，两人一大早就出发了，他们骑着单车赶到天安门前时，看到金水桥边的城门处，升旗的队伍正铿锵地走出来，他们忙奔过去。这里已聚集了许多看升旗的人，王林打开手机把升旗过程都录了下来，一边录还一边说：战友们，我现在就在天安门广场，你们看到了吗，我们的国旗升起来了。当国旗在国歌的伴奏下升起时，王林举手向国旗敬礼。观看升旗的人群中也爆发出一片欢呼之声。

她和王林从初中就是同学，高考时，王林考上了军校，她考上了北京一所地方大学，他们的恋爱就是那时开始的。后来王林军校毕业去了北疆的哨所，她在北京找了一个公司上班。一晃他们恋爱已经五个年头了，有一次王林休假回到北京，突然对她冷淡起来，一连几天不见她，她找到王林家，从家里把他拉出来，他终于说：我在边防，一年才能回来一次，欠你的太多，要不咱们就分手吧，你找一个能时时照顾你的男人。她听了他的话，当场就哭了，那次她伏在他的身上，真切地告诉他，这辈子，非他不嫁，山再高路再远，她也要等他。后来，他们就开始商量他们的婚礼。

她是日头还没当顶时骑上的马，日头偏西了，哨所还没有到，马在她身下喘息着，挣扎着在山路上攀登着。有时脚下压根就没有路，马蹄硬生生踩出了一条路。老兵怕她有闪失，不停地吆喝她身下的马。从老兵嘴里她知道，她骑的这匹马叫“黑骏”，多么漂亮的名字，完全符合这匹马的身份，这匹马通身都是黑色的毛，英俊健壮。每当老兵叮嘱“黑骏”时，它似乎听懂了，咴咴地叫，作为回应。

意外就是在悬崖旁发生的，还是老兵走在前面，她和“黑骏”跟在后面，老兵不时地提醒：注意山上的落石。老兵的话刚说完，山坡上一块落石欢响着滚落下来，她身下的“黑骏”去躲那块落石，却被小路上另一块山石绊倒了，倒地的一瞬间，“黑骏”侧过身子把她甩在里侧，自己却滚落下山崖。她听见“黑骏”一声长嘶在山崖下传递着，半晌，山下一声闷响，然后一切就安静下来。她好半晌大脑都是一片空白。

后来，是老兵牵着马，她骑在马上，去攀登最后一段通往哨所的路。她怀里的薰衣草已经乱成一团，她开始不停地哭泣，泪水不停地打在薰衣草上。老兵开始说“黑骏”，这是一匹通人性的战马，有一次巡逻，它救了自己一次命。也是在一处山谷里，赶上了雪崩，为了躲避雪崩，“黑骏”开始奔跑，可远不及雪崩迅速，“黑骏”那一次也是把老兵甩落出去，它却被大雪埋住了。后来，还是王林排长带着战士们抢救及时，“黑骏”被救了出来，为此“黑骏”还荣立了一次三等功。在战马的序列里，也是奖罚分明的。

天黑透了，他们才赶到哨所，全哨所的人都迎了出来，他们分成两排站在山路上，他们手里打开手电，让手电光速织成一张网迎接着她的到来。她从马上下来，一下子便扑在王林怀里大哭起来，不知是哭自己大难不死，还是为“黑骏”的意外而感到难过。

因为“黑骏”发生意外，整个哨所都显得很沉闷，了无生气的样子。王林似乎也多了心事。

他们的婚礼还是在第二天如期举行了，虽然一捧薰衣草已经摔烂不成样子了，但还是成了他们婚礼上最抢眼的一道风景，整个哨所都荒凉一片，只有石头，不见一片绿色。她穿上了从北京带来的婚纱，王林躬下身，给她戴上了一枚用子弹壳做成的戒指。在哨所，用子弹壳做戒指已成了所有官兵的传统，锯，锉，打磨，一枚弹壳最后变成了光灿灿的戒指。王林把这枚戒指戴在她的手指上，她觉得比山还重。官兵们用热烈的掌声庆贺他们的婚礼。她抬头看见王林和官兵们一张张皲裂的笑脸，泪水又一次不可控制地流了出来，她又想起那匹叫“黑骏”的战马。

半年前她和王林就计划好了，这次他们完婚，她要陪他在哨所里住上半个月，他答应她还要带她去巡逻一次，让她亲自看一眼他们守护的界碑。那是怎样的一种美好呀。她在他给她发的照片中看见过神圣的界碑，也无数次听过他讲巡逻发生的趣事。不料，在他们婚礼的当晚，王林接到上级一条关于天气变化的通知。近两天会有大雪降临到哨所的山上。王林以前告诉过她，大雪一封山，整个哨所就和外界失去了往来。哨所便成了孤岛。

暴雪来袭，意味着她马上就得下山。第二天一早，王林牵着马送她下山。这匹马是枣红色的，和“黑骏”一样听话，也通人性，她上马时，这匹马照例舔了她的手，然后用温顺的目光望向她。她骑在马上又想起了“黑骏”，眼睛再一次潮湿，在朦胧的视线里和哨所官兵告别。官兵们列成一排，在她身后为她唱了一首歌，是斯琴格日乐演唱的《新娘》：穿上吧你的红衣裳，露出你笑脸来，世间沧桑变化快，有多少执着等待……这首歌她也会唱，她在心里和官兵们一起哼唱起来。她一路泪流满面，走了好久，翻过一座山头，官兵们的歌声仍隐约地从身后传来。

到了“黑骏”落崖处，她让王林停下来，她走到崖边，把手扩成喇叭状，冲山崖下一遍遍地喊着“黑骏”的名字，山谷里传来阵阵的回响，王林背过脸去，在偷偷拭泪。

他们赶到山下时，兵站接她的车已经在等候了，她立在车旁一定让王林骑上马，王林依顺了她，她站在马下仰起头冲马上的王林说：你骑马的样子真帅。她走过去，拍了一下马的身子，马听话地向来时的路走去。她挥着手向王林告别，王林不时地扭过头向她告别。她站在一块石头上，唱起了一首练了好久的歌《今天我做你的新娘》：披上这一身洁白的纱，你我一同步入婚姻的殿堂，今天我做你的新娘，今生我就住在你的心房……她用歌声为新婚的丈夫送行。丈夫和马已经不见了，她依旧在唱，她知道，王林一定还能听到她的歌声。

今天我做你的新娘，今生我就住在你的心房……车在山路上行驶了好久，这首歌仍然在她心里一遍遍地唱响。

图书在版编目(CIP)数据

遍地花香 / 石钟山著. -- 北京：中国文史出版社，2023.3

(中国专业作家作品典藏文库. 石钟山卷)

ISBN 978-7-5205-3746-9

Ⅰ. ①遍… Ⅱ. ①石… Ⅲ. ①散文集-中国-当代 Ⅳ. ①I267

中国版本图书馆 CIP 数据核字(2022)第 179165 号

责任编辑：薛未未

出版发行：**中国文史出版社**
社　　址：北京市海淀区西八里庄路 69 号院　邮编：100142
电　　话：010-81136606　81136602　81136603（发行部）
传　　真：010-81136655
印　　装：北京新华印刷有限公司
经　　销：全国新华书店
开　　本：720×1020　1/16
印　　张：14.5　　字数：168 千字
版　　次：2023 年 3 月第 1 版
印　　次：2023 年 3 月第 1 次印刷
定　　价：55.00 元